「あっつ……あ、んんっ」
この行為の最中に、炎爪も自分も撃ち殺されかねない。

illustration by AMI OYAMADA

上海散華《しゃんはいさんげ》

沙野風結子
FUYUKO SANO

イラスト
小山田あみ
AMI OYAMADA

Lovers GREED

CONTENTS

✦本作品の内容は全てフィクションです。
実在の人物、団体、事件などにはいっさい関係ありません。

序章

ふいの衝撃。どんっと背中が硬いものにぶつかる。今度は大きく逆方向に飛ばされて、がつんと膝《ひざ》を打った。

「……っ」

痛みを受けるたびに、意識の輪郭《りんかく》がくっきりとしていく。

重たい瞼《まぶた》を開ける――開けたはずなのに、そこにあるのは濃密な闇だった。忙《せわ》しなく瞬《まばた》きを繰り返す。今度は頭部が硬いものにぶつかって、目の奥で白い火花が散った。

ここは、ひどく揺れている。

そして彼は横倒しの姿勢で身を小さく丸めているのだが、そうしていても身体《からだ》があちこちにぶつかる。暗闇に手を伸ばして、触れた面に掌《てのひら》をつく。ざらざらしていながらも、わずかにしっとりとした質感がある。四方八方を探ってみる。

「箱――か?」

そう。おそらく、木の箱だ。箱詰めにされているらしい。

天辺にあたる面を押してみると、ミリミリッと音がした。どうやら蓋《ふた》に打たれている釘は緩《ゆる》いようだ。底に背中をついて仰向《あおむ》けになり、両手両足でぐうっと蓋を押す。何度も押しているうちに、右足の裏が急に軽くなった。そこから抉《こ》じ開けるように、蓋を剝《は》がしていく。

「は……はぁ、はぁ」

普段、肉体労働とは縁遠《えんどお》い身としては、これだけの脱出にも息が切れる。手足が重くてだるい。そんな自分に舌打ちして、ぞろりと着崩《きくず》れた白襦袢《しろじゅばん》の纏《まと》わりつく身体で箱から出る。

出たところで、光源もなければ窓もないらしい空間は、ねっとりとした闇一色だ。相変わらず、揺れは酷《ひど》い。下手に立って歩くと暗闇に投げ出されかねない。腰を落として、よろめきながらも方向を定めて歩きだす。壁に行き当たる。そこから横に手探りしていく。壁の感触が変わる。掌を這《は》わせると、冷たい金属が指に触れた。把手《とって》らしい。それを摑《つか》んで、回し、引く。

ギイッ……。

蝶番《ちょうつがい》の軋《きし》む重苦しい音とともに、視界が広がった。

「……ここは」

天井から吊《つ》り下げられたカンテラが、光の輪を大きく揺らしている。視界を得られたお陰で、いくぶんまともに感覚が働きはじめたようだ。耳と鼻が、情報を拾いだす。

――この重い衝撃音と、匂《にお》いは……。

右の壁に掌をつきながら、むこうに見える階段を目指す。手足の芯が甘ったるく痺《しび》れているのは、あのいかがわしい香《こう》がいまだ効いているせいだろう。

質素《しっそ》な造りの木の手摺《てす》りにしがみつくようにして、階段を上っていく。揺れはさらに激しくなっていた。

階段の突き当たりにあるどっしりした木の扉を両手で押し開くと、ゴオッと風の音がする。ドォウンという衝撃音。扉は途中から風によってバンッと開かれた。

外に出て、立ち尽くす。

空低くを覆《おお》う、蛇腹《じゃばら》のごとき暗雲。それと対面するのは見渡す限りの海原《うなばら》。

風は轟々《ごうごう》と猛《たけ》り、あたり一面の水を巻き上げては、叩《たた》き落とす。滝にでも打たれているかのように、風と海水と雨粒に圧倒された身体が後ろへとよたつく。

と、両肩をなにかが包んできた。濡《ぬ》れそぼった白無垢《しろむく》の襦袢越しに感じる、力強くて熱い感触。

振り返る。

男がいた。彼より軽く頭ひとつ分は背の高い、がっしりとした体躯《たいく》の、二十代後半ぐらいの男だった。野性的な色合いの肌、鼻も唇も大きな造りで眉《まゆ》は力強い。胆力漲《たんりょくみなぎ》る鮮やかな面立ちをしている。身に纏う、大陸人の服である長袍《チャンパオ》は漆黒《しっこく》。雨風に乱される髪もまた真の黒だ。

「俺たちの船出には、最高の日和《ひより》じゃないか」

まるで、燦然《さんぜん》たる夏の陽射《ひざ》しでも身に浴びているように、男が大きく笑んで、空を見上げる。

大粒の雨がその顔を叩いた。

粗野《そや》な手指がぐっと両肩に食い込んでくるのに、鳥肌がたつ。

「っ、触るなっ！」

男の手を撥《は》ね退《の》けて、走りだす。甲板《かんぱん》のうえを泡立ちながらざあっと流れる海水に、素足を取られそうになる。

どちらが陸か？

縁《ふち》に廻《めぐ》らされた欄干《らんかん》に取り縋《すが》り、荒れ狂う海原へと懸命に視線を走らせる。けれど、どちらを見ても、鉛色《なまりいろ》の濃淡が広がるばかりで。

また、ドォウンと船の腹を一際凶暴《ひときわきょうぼう》な波が打った。真横から波飛沫《なみしぶき》が容赦《ようしゃ》なく襲いかかってくる。細身の身体を危《あや》うく流されそうになって、欄干にしがみつく。

淡い色合いのやわらかな髪まで海水でびしょ濡れになる。襦袢が白桃色《はくとういろ》の肌にへばりついて、しなやかな肢体《したい》を闇のなかに浮き立たせる。二十歳《はたち》の男子にしては広さも厚みもいまひとつ足りない肩で息をしていると、黒衣の男が近づいてきた。これだけ船が揺れているのに、男の歩みにあぶなかしさは微塵《みじん》もない。

「来るなっ！」

男に強《し》いられた恥辱《ちじょく》を思い出して、華やかに整った白皙《はくせき》の面《おもて》が紅潮《こうちょう》する。生まれ育ちの貴《たか》さのままに高慢《こうまん》な線を描く眉を厭《いと》わしく顰《ひそ》め、剛《つよ》く声を張る。

「二度と、僕に触れるな！　触れたら……」

「触れたら、なんだ？　華族のお姫様」

「──女扱いするなと言ってる」

厳しく言ったつもりなのに、制止をまったく聞き入れずに近づいてくる男に気圧《けお》されて、声が掠《かす》れてしまう。

男は長袍をバサバサとはためかせながら長い腕を広げた。

「もう一度、機会をやる。その身体で、俺に情《なさ》けを乞《こ》え」

「っ、それ以上近づいたら、飛び込む」

男は鮮やかな眉を歪《ゆが》めて、憫笑《びんしょう》を浮かべた。

「僕は本気で──っ！」

背後から襲いかかってきた水の壁に背をどんと押されて、言葉が止まる。手が欄干から離れる。逆の揺り返しが来て、後ろに大きく重心を崩した。

「あ、ああっ」

身体が欄干を乗り越えるのに瞠目《どうもく》する。また背後から波が被《かぶ》さってきて、今度は水の触手で搦《から》め捕《と》ろうとしてくる。荒れ狂う海へと呑《の》み込まれる恐怖に、目をぎゅっと閉じる。

──引きずり込まれるっ!!

息を止めて、海面に打ちつけられる衝撃に耐《た》えようと身体を硬直させる。潮の匂い。きつく身体を包み込まれて…………。

「え？」

おそるおそる目を開ける。

そして、男が自分を抱きすくめている事実に愕然《がくぜん》とした。

眉をきつく歪め、腕を闇雲《やみくも》に動かして強い抱擁《ほうよう》からもがき逃《のが》れようとする。なんとか男の腕をほどいたものの、しかし今度は閉じ込められるかたち、左右から伸ばされた手が欄干を摑む。覆い被さってくる男から逃れることができない。

退路はもはや背後の海しかない。

男は奥二重《おくぶたえ》の目を細めた。嘲《あざけ》りと好奇心がちらつく声音《こわね》で。

「どうした？　飛び込まないのか？」

唇を奪おうと寄せられる男の顔。

右手で拳《こぶし》を握る。男の頰《ほお》を殴《なぐ》った。

「これ以上の無礼は許さない……僕は花登侯爵《はなとこうしゃく》を継《つ》ぐ者だ！」

殴られたままに首を傾け、男はたっぷりとした肉厚の唇の端《はし》を歪めた。そのまま愉《たの》しくてたまらないように、クックッと笑いだす。

「――炎爪《ヤンツァオ》、なにが可笑《おか》しいっ」

「ああ、悪い」

大陸の香りのする男は、その大きな手で、花登晶羽《はなとあきは》の握ったままの拳を包んだ。晶羽のものとは違う、頑丈《がんじょう》な厚い皮膚をした手だ。

そうして炎爪は、晶羽の拳の、少しだけ立てられた中指に唇を押しつけてきた。ひどくやわらかくて熱っぽい感触に、晶羽はびくりと肩を竦《すく》める。

「ちゃんと俺の教えたとおりに拳を握って、なかなか可愛《かわい》いところがあるじゃないか」

「……っ」

深く覗《のぞ》き込んでくる王炎爪《ワン・ヤンツァオ》の瞳は――まるで黒い焰《ほむら》を封じ込めたかのように、禍々《まがまが》しく煌《きらめ》いていた。

第一章　華珠《はなだま》――帝都にて

澄んだヴァイオリンの音色がつづる、高らかな西洋の旋律。その旋律に、次のヴァイオリンの音色がすうっと入り込み、そしてさらにもうひとつのヴァイオリンの音が押し重なり、溶け合う。十七世紀の作曲家、パッヘルベルが紡《つむ》ぎ上げた「三つのヴァイオリンと通奏低音のためのカノンとジーグ・ニ長調」。奏でているのは、この洋館の二階を用いた宴《うたげ》の主催者である白柳《しろやなぎ》公爵がわざわざドイツから招いた、本場でも名の通った奏者たちだ。

噂話《うわさばなし》に恋の鞘当《さやあ》て、西洋の猿真似《さるまね》に終始する退屈極まりない華族の社交場も、今宵《こよい》ばかりはこの小楽団のお陰で、実のあるものに感じられる。

花登晶羽は緞子張《どんすば》りの長椅子《ソファ》に深く腰を下ろし、肘掛《ひじか》けに寄って演奏を愉しんでいた。手にしたワイングラスにそそがれた、咲き初《ぞ》めの赤薔薇《あかばら》を搾《しぼ》ったような色の葡萄酒《ぶどうしゅ》へと目を伏《ふ》せている。

彼のなめらかな白い頬に落ちる濃い睫《まつげ》の影に見入る視線は、男女のものを問わず、そこにもここにもある。それを花登晶羽はよく承知していた。

顎《あご》のほっそりとした輪郭、練《ね》り絹《ぎぬ》のごとき肌、わずかに眦《まなじり》の吊った目に嵌《は》め込まれた淡い虹彩《こうさい》やほのかに青みのある白目。貴い血を感じさせるすっと通った鼻筋、崩れのない程度にふっくらした唇、驕慢《きょうまん》な印象を見る者に与える弓なりの眉まで、そのすべては「帝都の華珠」と讃《たた》えられていた母から譲り受けたものだ。

華珠とは、無疵《むきず》で完全な球体をした、ほのやかな桜色を含む最高の真珠のことだ。

とはいえ、その「帝都の華珠」は、とっくの昔に汚濁《おだく》に沈んでしまったのだが。

彼女は五年前、晶羽が十五の年に男と出奔《しゅっぽん》した。しかも、あろうことか相手は異邦人《いほうじん》で、中國《ちゅうごく》の商人だった。母は大陸の家具や小物がたいそう好きで収集していたから、その繋《つな》がりで知り合ったのだろう。

眉目麗《みめうるわ》しい侯爵夫人の醜聞《しゅうぶん》は、新聞の好餌《こうじ》となった。母の顔写真まで紙面に刷り込まれ、世間の人々は下種《げす》な根性を丸出しにして記事を貪《むさぼ》り読んだ。

そして母親とよく似た面立《おもだ》ちをした晶羽は、好奇と好色の目に晒《さら》された。

実際、学習院の友人——と思っていた者が、

「晶羽は、あの『帝都の華珠』の熱くて淫《みだ》らな血を受け継いでいるに違いないよ。ああ、貝の口を抉じ開けてでも、それを暴《あば》いてやりたい！」

などと口走るのを耳にしてしまったこともあった。

晶羽自身、ちょうど性的なことへの意識が高まる年頃でもあったから、長袍《チャンパオ》を纏った中國の男から女のように扱われる悪夢を見て、激しい羞恥《しゅうち》と屈辱に身を焼かれて寝台から飛び起きる夜が

続いた。そんな悪夢で兆《きざ》してしまう自分の性器を憎んだ。

自分を見る他人の目が、おぞましくて仕方なかった。

そしてそのおぞましさは、母への恨みとなって重く嵩《かさ》んでいった。

……だから出奔から三ヶ月後、捕まれば姦通罪《かんつうざい》で罰《ばっ》せられるであろう母が、骸《むくろ》となって男とともに駿河《するが》の浜辺に打ち上げられたという報告を受けたとき、晶羽は涙を流せなかった。

身を裂かれるような衝撃と悲しみは、確かにあった。

けれどそれ以上に、母がもう自分と花登家の顔に泥を塗らないことに安堵《あんど》を覚えたのだ。

母子の情よりも外聞《がいぶん》を重んじるという点において、花登晶羽は正しく華族の子弟《してい》だった。

――嫌なことを思い出したな…。

外の空気を吸いたくなって、アーチ型の大きな窓からバルコニーへと出る。秋風に乗って、虫の音がリィンリィンと細く高く吹き流されてくる。空では月が、真円の縁をほの白く燃えたたせていた。

しかし心地よい空間は、追ってきた男によってすぐに壊されてしまう。

「花登殿、よい月ですね」

振り返れば、遊蕩《ゆうとう》で名を馳《は》せている男爵《だんしゃく》がワイングラス片手に気障《きざ》な様子で佇《たたず》んでいる。先日の晩餐会《ばんさんかい》の席で少し愛想《あいそ》よくしてからというもの、やたらと絡《から》んでくるようになって、疎《うと》ましい限りだ。

「あなたが眩《まぶ》しくて仕方ないのは、月明かりのせいかな？　それとも、あなた自身のせいなのかな？」

相変わらずの、失笑してしまいそうな口説《くど》き文句。

「それは男爵殿の目に、月のまやかしでもかかっておいでなのでしょう」

微笑してそう返すと、晶羽は男爵の横をすり抜けた。

――今日はもう引き上げよう。

楽団の奏でるワルツに乗って床になめらかな弧を描きながら踊る華族たちを尻目に、広間を足早に横切る。

梔子《くちなし》色の絨毯《じゅうたん》の敷かれた折り返し階段で一階へと下り、西洋の神殿を思わせるどっしりした円柱に支えられた車寄せへと出た。

邸《やしき》の前には森を切り取るかたちで広い空間が取られている。その中央に据《す》えられた丸い噴水から、粉々に砕かれたガラス片のような水飛沫が風にさらさらと吹き流される。

若い主《あるじ》の姿を目ざとく見つけた花登家お抱《かか》え運転手の田丸《たまる》が、白い自動車をゆるやかに寄せてくる。鼻のしっかり角ばった威風《いふう》と、ふっくらした車輪周りの優美さを併《あわ》せ持つ車体。このアメリカのパッカード社製の車は、華族や実業家のあいだで流行《はや》っている一級品だ。

運転手が開いた後部座席の扉から、晶羽は身を滑《すべ》り込ませる。

「お邸のほうでよろしいでしょうか？」

運転席から訊《き》かれて、ちょっと考える。

今晩は継母《ままはは》が知人を集めて晩餐会を催《もよお》しているはずだ。父侯爵と義弟も同席して談笑しているに違いない……晶羽は軽く唇を嚙《か》んでから、田丸に銀座に向かうようにと告げる。いつものカフェーに行けば、悪友たちがたむろって看板女給《じょきゅう》をからかっていることだろう。そこで適当に時間を潰《つぶ》してから帰ればいい。

車に揺られながらしかし、晶羽は花登邸でおこなわれているであろう晩餐会を思って、すっかり不愉快になってしまう。

自分は花登侯爵家の嫡男《ちゃくなん》だ。よほどのことがない限り、将来、爵位を継ぐのは確定されている。いかに父侯爵が、不貞《ふてい》した亡き妻によく似たこの顔を憎もうが、どれほど継母が自身の息子が爵位を継ぐことを望もうが、義弟がどんなに優れた資質を具《そな》えていようが、晶羽の立場は簡単に揺らぐものではない。

理屈では確かにそれで間違いないのだが、晶羽は継母が二年前に父の正妻となってからこちら、気持ちの穏やかでない日々を過ごしていた。

……母が不貞ののちに死んだせいで、父侯爵は顔立ちや身体つきにまったく自分に似たところのない晶羽が、本当に血を分けた息子であるか、ということまでも疑っているようだった。

その点、もともと花登侯爵家の奉公人であった継母に、父侯爵が手をつけて生ませた泰紀《やすのり》は、顎や頰骨のしっかりした骨格まで、そのままを父侯爵から譲り受けていた。血を継いでいることは一目瞭然《いちもくりょうぜん》だ。

泰紀は晶羽より一歳下の十九歳で、継母が正妻に収まったのと同時に学習院に転入してきた。出自に瑕《きず》を持ちながらも、剣道の腕が立つこと、そしてさっぱりとした明朗な気質から、彼は級友たちに好かれ、すぐに一目置かれる存在となった。

家でも学校でも、晶羽は自分の価値が泰紀によって下げられているように感じ、非常に腹を立てていた。そういう気位の高い癇性《かんしょう》な性質《たち》まで、晶羽は母に似ていた。それを欠点だと自覚することはできているものの、なまじ名家に生まれ、人に傅《かしず》かれるのが当然というなかで育ってきてしまったせいで矯正《きょうせい》される機会もなかった。

そして、弟への苛立《いらだ》ちを奉公人たちに気分次第で向けるから、邸内での晶羽の評判はすこぶる悪いものとなっていた。

さらには泰紀より優位であることを誇示《こじ》するため、晶羽はそのよく出来た顔で嫣然《えんぜん》と微笑して社交界の者たちや学友を惑《まど》わせたから、男も女も彼を手折《たお》ろうと鞘当てを繰り広げる始末。自分がちょっと石を投げれば、あちらでもこちらでも、波紋《はもん》が拡《ひろ》がる。

晶羽はその様子を、大して愉しむでもなく、高みから眺めていた。

浮名《うきな》の多さに反して、彼はいまだに誰にも身体を与えてはいなかった。男も女も知らない。

華珠を奪われまいと口を硬く閉ざしている貝そのものだった。

「……っ、うわぁっ‼」

空気を炸裂《さくれつ》させる音。

それに田丸の太い悲鳴が重なる。

同時に、がくんと車体が傾いだ。ガガガッと鉄輪が地面を掻《か》く音が聞こえる。

突然の異変に、晶羽は目の前にある助手席の背凭《せもた》れにしがみついた。

「田丸、どうしたっ⁉」

「坊ちゃま、タ、タイヤを銃で撃たれたようです！」

車が失速して止まる。扉が外から乱暴に開かれた。よれた絣《かすり》の着流し姿の男が、晶羽へと手を伸ばしてくる。二の腕をぐっと摑まれた。

「なっ……」

田丸も晶羽も、暴漢《ぼうかん》たちによって別々の扉から路上へと引きずり降ろされた。

「晶羽様っ、晶羽坊ちゃ……ううっ」

ゴッと鈍《にぶ》い音とともに、田丸の声が途絶える。

「田丸！　だいじょうぶかっ、田丸――んんっ」

後ろから羽交《はが》い締《じ》めにしてくる男に、口を掌で塞《ふさ》がれた。

「花登晶羽だな？」

無差別の物盗《ものと》りではなく、あくまで晶羽を狙《ねら》っての凶行《きょうこう》らしい。淡色の瞳に憤《いきどお》りを籠《こ》め、晶羽は首を捻《ね》じって男を睨《にら》んだ。高圧的な眼光に一瞬ひるんだようだったがしかし、男はすぐに仲間たちに声をかける。

「こいつで間違いない。馬車を回せ！」

「ん、んんっ！」

晶羽は必死にもがいた。なんとか、後ろの男の向こう脛《ずね》を蹴ることに成功する。男の緩んだ腕から逃れて、タイヤの潰れた車の運転席側へと回り込む。路上には田丸が倒れていた。ただ気を失っているだけであることを祈りながら、車のクラクションを立てつづけに鳴らす。

「誰かっ！　暴漢だ！」

「ちっ、手間のかかる若様だっ」

シルクの上着が男に掴まれる。車のハンドルにしがみついて、連れ去られまいとすると、ビリッと布が破れた。

「やめろっ」

「さすがは『帝都の華珠』の血を引いてるだけあるな。怯《おび》えた顔がそそるじゃねぇか」

「や……」

ベストの前釦《まえボタン》が弾《はじ》け飛ぶ。丹念《たんねん》に襞《ひだ》を寄せられたシャツの布地が高い音をたてて裂《さ》かれる。

クラクションを鳴らす手を後ろに回させられて、縄で縛られた。手拭《てぬぐ》いで猿轡《さるぐつわ》を嚙まされる。

「う——ううっ」

「今晩はとっくり俺たちで華珠を愛《め》でてやろうぜ」

下卑《げび》た笑い声をたてながら、男は晶羽を荷物のように小脇に抱えた。破れた服のあいだから白桃色の肌を晒した姿で、みすぼらしい馬車へと連れ込まれそうになる。

これに乗せられたら、おしまいだ。晶羽は渾身《こんしん》の力で暴れた。

「このっ、おとなしくしねぇかっ！」

「おい、おまえたちなにをしてる」

男の恫喝《どうかつ》に被さるようにして、低い声が夜の道に響いた。

クラクションの音を聞きつけて、誰かが来てくれたのだろう。

「んーっ、んー！」

喉《のど》を鳴らして助けを求める。

「な、なんだ、てめぇは——ってぇ」

晶羽を馬車に押し込もうとしていた男が呻《うめ》いた。晶羽の身体がどさっと落ちる。一回転半、横に転がって止まる。

「邪魔《じゃま》が入った！　今日はこのまま引くぞっ!!」

そう頭《かしら》らしき男がダミ声を張り上げると、三人の暴漢たちは馬車に飛び乗って去っていった。

「おまえ、怪我《けが》はないか？」

うつ伏せに倒れ込んでいた晶羽は、地に片膝をついた男に抱き起こされる。煌々《こうこう》とした月明か

りの下、晶羽は自分を救ってくれた者の姿を改めて見た。そして、激しく息を呑む。瞬時に、身体が内側から凍てついた《い》。

力強い目鼻立ちをした鮮やかな面立ち、夜闇よりなお黒い髪と目の色相。そして、威圧的なまでに逞《たくま》しい肢体に纏う服は、立ち襟《えり》が独特な黒い長袍《チャンパオ》。

――中國人だ！

母が失踪《しっそう》したころに夜ごと見ていた、逞しい中國の男に淫蕩《いんとう》のかぎりを尽くされる悪夢が一気に甦《よみがえ》ってきた。

身も表情も硬くする晶羽を、まだ暴漢の恐怖に怯えていると思ったらしい。

「もう大丈夫だ」

男は宥《なだ》める口調で囁《ささや》きかけてきた。その体内に深く響く声に、晶羽はひくりと身を震わせた。男の強い腕、低い声、大陸的な粗野な気配。そのどれもが悪夢へと繋がっていく。鳥肌がたち、身体の芯がぞくぞくする。

後ろ手に縛られていた縄と、猿轡が解《と》かれる。

晶羽は生理的嫌悪に衝き動かされるままに、男の胸を両手で突いた。力の入らない脚でなんとか立ち上がったところで、男に左手首をぐっと摑まれる。

「礼のひとつもなしか？」

熱い手指に、晶羽の感情の針は振り切れた。

「放せ！　中國人の分際で僕に触るなっ」

「……なんだと」

男の黒い瞳がぎらりと光った。

手首を強い力で引かれて、晶羽は咄嗟《とっさ》に宙に右手を上げた。そして、いっさいの手加減なく、平手で男の頬を打擲《ちょうちゃく》する。

「――ッ」

男は顔を歪ませ、憤怒《ふんぬ》に染まった双眸《そうぼう》で睨《ね》め上げてきた。

「お綺麗なツラして、おまえは恩義《おんぎ》もわからない犬畜生《いぬちくしょう》ってわけか」

唸《うな》るように言うと、男は晶羽の手を容赦のない力で引いた。

肩の関節が壊れそうな衝撃が走ったかと思うと、次の瞬間、地面に引き倒されていた。慌《あわ》てて起き上がろうとするが、両肩を摑まれて仰向けに押さえ込まれる。覆い被さってくる男の逞しい肉体に、晶羽の顔は蒼白《そうはく》になる。

――あの夢と……同じだ。

止《と》め処《ど》なく湧《わ》き上がってくる恐怖。そして、その恐怖に混じる、おぞましい淫蕩の熱。

「い――や、嫌だっ！」

恐慌《きょうこう》状態に陥《おちい》った晶羽は、もがきながら叫んだ。

「触るなっ、その汚い手で僕に触るなっ」

「そんなに中國人が嫌いかっ」

長い睫を涙で濡らした晶羽はキッと男を睨む。そして、心底から言う。

「嫌いだ」

「……」

男はなんとも表現しがたい表情をした。奇妙な静けさ。その静けさのなかを、こちらに向けて走ってくる足音が響いた。

「どうかしましたかっ？」

見れば、制服姿の警察官がふたり。

晶羽の服は上着もシャツも無残に裂かれ、夜目にも白い肌が覗いている。そんなありさまで男に圧し掛かられている様子は、いかにも陵辱《りょうじょく》目的で襲われているように見えたことだろう。

警察官たちは男を晶羽から引き剥がした。

「あ、あなたは……たしか、花登侯爵の」

警察官の片割れが晶羽が誰であるかに気づき、慌てた様子で問うてくる。

まだ膝が震えていたが、晶羽はあるだけの力を掻き集めて立ち上がった。

「この中國人は、あなたに不貞を働くために、車を襲ったのですね？」

それは違う。むしろ、この男は自分を助けてくれたのだ。

けれども、その真実を告げるには、晶羽の気は昂《たか》ぶりすぎていた。

——中國の男に……母様を堕落《だらく》させ死に導いた、そして僕を夢のなかで穢《けが》した中國の男に、触られた……力ずくで押さえつけられて！

男の手の強さが、熱さが、皮膚に焼きつけられてしまっている。

その部分の皮膚を身から剝ぎ取ってしまいたいほど、厭わしくてたまらない。

胸も気道も小刻みに震えている。

——許せない……許せないっ。

感情のまま、けれど声ばかりはひどく冷然とさせて、晶羽は告げた。

「そうです。その男が車を襲撃したんです」

左右の腕を警察官に取られた男は、思わぬ偽証《ぎしょう》に目を見開く。鮮やかな眉が大きく歪められた。

「では、こいつは署のほうに連行します。そちらの運転手の方も怪我を?」

見れば、意識を取り戻した田丸が車に縋るようにして立ち上がるところだった。

「いえ、私は大丈夫ですので」

殴られたらしい後頭部をさすりながら、田丸が答える。

「花登様、詳《くわ》しい事情はまた明日にでも、落ち着かれてからお教え願えますでしょうか?」

「ええ」

警察は、こんな異国の者の言葉より、華族である自分の言葉を信じる。この男には今宵一晩、たんまり尋問を受けてもらおう。明日になったら、複数犯のうちのひとりと見間違ったとでも証言を翻《ひるがえ》して、釈放《しゃくほう》させればいい。そのぐらいの罰を与えなければ溜飲《りゅういん》が下がらなかった。

淫らな悪夢を見て、晶羽は早朝に目を覚ました。

寝台から跳ね起きて、肩で息をする。西洋仕立ての白絹の夜着は、気持ち悪い寝汗に濡れそぼっていた。下腹の違和感に忌々《いまいま》しく舌打ちする。

――あの男に、触られたせいだ。

体内で熟《う》んでいる熱を逃がしたくて、晶羽は頭板に深緑色のビロードが菱形《ひしがた》を連ねるかたちで鋲打《びょうう》ちされている寝台から下りた。素足のまま、絨毯を踏んで窓へと向かう。

この花登侯爵邸は左右対称に双翼《そうよく》が突き出した石造りの、重厚な洋館の構えをしている。晶羽の亡き母親が建てる際に細部まで拘《こだわ》ったそうで、たとえばいま開けようとしている窓の枠もそこに嵌め込まれたステンドグラスも、わざわざイギリスから船で取り寄せたものだ。乳白色と橙《だいだい》と緑の濃淡を組み合わせたガラスが、かすかな光を通して、晶羽の白い肌と夜着に色を滲《にじ》ませる。

窓を開けると、まだ陽の姿は見えないものの、淡い光の気配がすがすがしい風とともに部屋に流れ込んできた。

上半身を窓から突き出すようにして、疎ましい劣情《れつじょう》を浄化《じょうか》させせようと深く息を吸い込み――晶羽は見るともなく前庭を見下ろした。こんな早朝だというのに、そこには庭師と、もうひとりの姿がある。彼らのしていることは……。

晶羽は我が目を疑った。そして、薄蒼色のガウンを夜着のうえに羽織《はお》り、上沓《うわぐつ》を爪先《つまさき》に引っ掛けて部屋を飛び出した。

女中によって木目が輝くほど磨き込まれた階段を駆け下りて、黒と白の大理石が品よく配置された廊下から玄関広間までを走り抜ける。正面玄関の、ぶ厚いマホガニーの扉を押し開き、上沓のまま外に飛び出す。

そうして、憤りに顔を青褪《あおざ》めさせたまま、強い足取りに歩調を変えて、前庭の花壇へと近づいていく。晶羽に気づいて、そこにいたふたりは顔を強張《こわば》らせた。

しゃがんでいた庭師が慌てて立ち上がり、とても晶羽の顔を見られないといったふうに、腰から折るかたちで深々と頭《こうべ》を垂れる。

「晶羽坊ちゃま、も、申し訳ございませんっ!!」

「あなたが謝る必要はないですよ。俺が無理にお願いしたんですから」

爽やかな顔立ちをした青年が、そう言って励《はげ》ますように庭師の背に軽く掌を当てる。

「ですが……ですが、泰紀坊ちゃま、この花壇の薔薇は晶子《あきこ》奥様が手ずから植えられて、たいそう可愛がられていたもので……」

晶羽は萎縮《いしゅく》する庭師に、厳しく冷たい声音で怒りを表した。

「この薔薇は言ってみれば母の形見。それをこんなふうに僕に相談のひとつもなしに根から抜く

「とは、どういうつもりだ?」

庭仕事用の質素な荷車に、何十本という薔薇が積まれていた。花の季節ではないが、縁が細やかな刃状になっている葉は、まだ青々としている。

「彼を叱《しか》るのはやめてください、兄上」

晶羽は顎と視線をぐっと上げて、異母弟を見据えた。一歳年下とはいえ、彼は晶羽よりも上背《うわぜい》がある。

「これはおまえの指図《さしず》——いや、母様の薔薇を殺すなど、いかにも『あの女』が望みそうなことだな」

「母は関係ありません。俺ひとりの考えです。どうにか母の気鬱《きうつ》を晴らしたいと……兄上のお心を考えず、浅慮《せんりょ》でした。申し訳ありません」

嘘だ。晶羽は泰紀のことを面白くない存在だと感じてはいるが、彼がこんなふうに他人の思い出を踏みにじるような人間でないことは知っている。

しかし、亡き母の大切にしていたものが損《そこ》なわれたことへの怒りは、どこかにぶつけずにはいられなかった。

「おまえひとりの考えだと言い張るなら、それもいい。泰紀、そこに跪《ひざまず》け」

泰紀の眉が、感情の波にかすかに震えた。けれども、すぐに潔《いさぎよ》い所作《しょさ》でズボンの両膝を地につく。

晶羽は途中から伐《き》られた薔薇の茎を一本手に取った。それを宙に高く差し上げる。次の瞬間、異母弟の引き締まった顔へと振り下ろした。硬化した薔薇の棘《とげ》が、彼の健《すこ》やかな色の皮膚に引っ掛かり、線状の傷を刻む。右上から左上から、繰り返し茎を振り下ろす。

「晶羽坊ちゃま、もう、もうおやめくださいっ！」

俯《うつむ》きぎみで折檻《せっかん》に耐える泰紀を見ていられなくなった中年の庭師は地に這いつくばって頭を下げた。

「泰紀坊ちゃまも、決して気安くこのようなことをお命じになったわけじゃありません。ですから、どうか……」

頬に幾筋《いくすじ》も血の線を描かれて、なお歯向かいもしない、爽やかな青年。そして、彼を庇《かば》おうと土下座《どげざ》する庭師。

――僕ばかりが悪人なわけか。

湿った重苦しさが胸に拡がる。

どう考えても、母の形見の薔薇を根こそぎ抜かせた泰紀のほうが、この場の悪者であるはずだ。それなのに、どういうわけだか、自分のほうが意地の悪い人間のようになる。

――いつもこうだ。

「この薔薇は、奥の庭の日当たりのいい場所にすべて移します。必ず、ひとつも枯《か》れることのないようにいたします」

庭師の涙声に、晶羽はうんざりした気持ちになって、薔薇の茎を打ち下ろす手を止めた。

「泰紀。二度と、こんな勝手は許さないからな」

そう言い捨てて、晶羽はガウンの裾《すそ》を翻し、邸へと足早に向かう。

自室に戻ってから、ようやく、自分の右手がまだ薔薇の茎を硬く握り締めていることに気づく。眉をきつく歪めながら、ぎこちなく指を一本ずつ開いていく。皮膚にめり込んでいた棘が、ひとつずつ抜けていく感触に息を止める。手指のあちらこちらから、赤い液体が盛り上がり、流れだす。

……異母弟のように、いかにも健気《けなげ》らしく耐えれば、人はその痛みに気づいてくれる。

けれど自分のような人間の痛みは、誰に通じることもないのだろう。

奉公人の身から侯爵家の正妻となり、それによって気鬱《わずら》を患っている「あの女」は、着実に晶子という先妻の残像を邸から消していく。

初めは、母がパリから取り寄せた邸中のカーテンだった。ある日、学習院から帰ってみると、窓という窓を縁取る布はすべて心が沈むような灰桜色のものに取り替えられていた。それから、母の気に入っていた西洋食器が使われなくなった。次には、母が可愛がっていた奉公人に暇《いとま》が出された。そして今日、前庭の薔薇が抜かれた。

二十年以上も日陰の身であった女は、そうやって「帝都の華珠」の影をひとつずつ地道に取り除いてきたのだ。

母の領域が削られていくことは、晶羽にとって自分の居場所が削られていくのと同義だった。父侯爵と継母と泰紀とで、一式の完全な家族なのだ。

自分は異物だ。

最近、もしかしたら、と思う。

もしかしたら自分は本当に、父の血を引いていないのではないか？　母がどこかの男とのあいだに密《ひそ》かにもうけた不義の子なのではないか？

だとすれば、爵位を継ぐ資格どころか、この家に住まう権利すら、自分にはなくなる。

表層的な付き合いしかない学友たちはそっぽを向くに違いない。悪友たちはなおのこと。これまでの人脈はことごとく失われるだろう。

母の実家はすでに途絶えているから、身を寄せるべき場所もない。

気位の高い自分が身ひとつで世に放り出されて、どうやって生きていけるというのか。いや、いまさら平民として生きるぐらいなら、いっそひと思いに――。

そんな気がおかしくなりそうな考えを、驕慢な強気で、懸命に誤魔化《ごまか》している。それはいたずらに人を刺激したり、敵を増やすような拙《つたな》いやり方なのかもしれないが、どうすれば人にまっとうな好感を抱いてもらえるかなど、晶羽は知らない。

……もういまは、邸内で自分が安心していられる場所は、この部屋しかなかった。

朝陽の一閃《いっせん》が、夢見がちな色合いのステンドグラスを貫いて、晶羽を染め上げる。

やわらかな光に包まれているのに、不安と孤独感が発作のように襲ってくる。心臓を冷たい手に鷲掴《わしづか》みにされているような感覚に、咄嗟に夜着の胸元をぎゅっと摑む。

血の粒が、白絹へ吸い込まれ、赤く滲んだ。

さすがに薔薇の件が気まずかったものか、朝食の席に継母も泰紀も現れなかった。

父とふたりで会話もなく、このところ定着してしまっている白々しい空気のまま、黄金色《こがねいろ》のバターが蕩《とろ》けて染みている焼いた薄切りパンを口に運ぶ。銀製のエッグスタンドに載せられた茹《ゆ》で卵《たまご》の上部をナイフで切り取って、スプーンで中身を食す。こういった西洋風の食事は晶羽にはごく自然なものだったが、平民のあいだではまだまだ奇異《きい》なものらしい。

継母も泰紀も、この家に入ってきたばかりのときは、食事のたびごとに粗相《そそう》をして、晶羽を呆《あき》れさせたものだった。しかし二年で、彼らはナイフやフォークを使いこなすようになった。

継母などは社交界の話題についていけるようにと、文学や音楽といった文化的なことをずいぶんと必死に学び、いまではなんとか侯爵夫人として恥《はじ》をかかない程度の振る舞いができるようになっていた。そういった無理な努力が彼女を気鬱に追い込んでいるように晶羽は思うのだが、父はそんなことはまったく気づいていないらしい。そしてまた晶羽としても、継母のために父に忠《ちゅう》言《げん》する気はなかった。

食後の紅茶を飲んでいると、ジリリリジリリリと耳障《みみざわ》りな音が居間のほうから聞こえてきた。

電話は晶羽あてのもので、昨夜の警察官からだった。薔薇の一件で、昨夜の中國の男のことをすっかり忘れてしまっていた。

『こんな朝早くにお電話を差し上げて、たいへん申し訳ありません』

華族の家に電話をかけている緊張からか、警察官の喋《しゃべ》り方はぎくしゃくしている。

「昨夜はありがとうございました」

『いえ、その昨夜の男のことなのですが……それがまったくもって厚顔《こうがん》な場慣れした犯罪者だったらしく、実は連行している最中に逃走してしまったのです。朝まで捜《さが》しましたものの見つけることができませんでした。それで、もしまた花登様を襲うようなことがあっては大事と、こうして至急のお電話をさせていただいた次第です。警察でも引き続き全力であの男を捜しますが、花登様も、どうか気をつけて行動されますように』

意外な報告ではあったが、実際のところ、あの黒い長袍を纏った男は自動車を襲撃した犯人ではない。彼の罪はこの身に触れたことだけだ。

「あの男をこれ以上捜す必要はありません」

『はい？　それはどういうことでしょうか？』

「昨晩の僕はどうもひどく混乱していたようで、彼が自動車を襲撃した一味のうちのひとりだと思い込んで、そう証言してしまったのですが、一味が絣を着た日本人ばかりだったことを思い出しました。ですから、彼のことはこのまま放っておいてかまいません」

青二才の適当な証言のために、朝まで無益に逃走男を捜しまわる羽目《はめ》に陥ったのだ。もし相手が華族の子弟でなければ警察官も口汚く罵《ののし》りたいところだったろう。それをグッと堪《こら》える気配が伝わってくる。

『ですが、あの男が……その、暴行に及ぼうとしていたのは事実でしょう』

「僕は婦人ではないので、そこを特に問題にする必要はありません」

さっぱりとそう告げて、晶羽は瑪瑙《めのう》と真鍮《しんちゅう》を組み合わせて作られた華奢《きゃしゃ》な電話機を置く。

さすがに警察からの早朝の電話を訝《いぶか》しく思ったらしい父に問い質《ただ》されて、晶羽は昨夜の一件を淡々と報告した。中國の男に助けられたことは伏せておいた。

「おまえ、その一味の顔は覚えているのかい？」

珍《めずら》しく忙しない口調で尋ねられて、晶羽は首を横に振る。

「いえ、本当に急のことでしたし、夜目でしたから」

「そうか。おまえは花登の爵位を継ぐ者だ。身に危険が及ばぬように、よくよく気をつけるのだぞ」

父がこんなふうに真剣に接してくれるのは、母が出奔して以来なかったことだ。

晶羽の胸は一気に明るくなり、父の血を引いていないのではないかという妄想《もうそう》に恐怖した数時間前の自分を笑い飛ばしたくなった。

暴漢に襲われてから、半月ほどたった日の夜のこと。

白柳公爵邸でおこなわれる華族の令息《れいそく》だけが集うサロンからの帰り道。いつものように田丸の運転する自動車の後部座席に身を沈めて、晶羽は溜《た》め息《いき》を繰り返していた。

最近、同世代の友人たちのあいだで遊郭《ゆうかく》通いに嵌まる者が多い。それで閨房術《けいぼうじゅつ》や武勇伝をそれぞれ得意げに語るわけだが、女を知らない晶羽にはいまひとつわからない話ばかりだった。また、そういう話になると、決まって誰かが「特別な閨房術を、俺が手ほどきしてあげよう」などと耳打ちしてくるから、どうにも居心地が悪い。

密かに衆道《しゅうどう》を愉しみ合う者たちもいるようだったが、晶羽は男も女もご免《めん》だった。

どちらにしても、自分を穢されるようにしか思えないのだ。母が異邦人との不貞で名高くなってしまったからこそ、晶羽は堕《お》ちたくないと頑《かたく》なに思ってきた。例の悪夢を見て精を放ってしまうのは仕方のないこととして、自身の手ですら慰《なぐさ》めたことはなかった。

侯爵家を継ぐからには、そのうち結婚して子を生《な》さねばならない。けれど、その義務から逃げられなくなるまでは、高潔でいようと決めている。

もう一度、溜め息をついたときだった。

激しい音とともに、車が大きく揺れた。二度目だから、またタイヤが銃撃されたのだと、すぐにわかる。

晶羽は先週から護身用に持ち歩いている小刀を、ベルトに着けてある鞘から引き抜いた。

「坊ちゃま、お逃げくださいっ！」

田丸の声に、扉がバンッと開かれる音が重なる。

ぎらりと光る刃《やいば》を構えた晶羽は眉を顰めた。

扉から覗き込んできた男が、華族の社交場にいてもおかしくないような紳士然《しんしぜん》とした様子だったからだ。漆黒の髪を後ろに綺麗に撫《な》でつけ、立ち襟の真っ白いシャツに幅広のネクタイを優雅に結び、黒地の上下の揃《そろ》いを美しく着こなしている。ベストは白地に銀の縦縞《たてじま》が織り込まれたものだ。

どこから見ても高級な紳士風情《ふぜい》の男はしかし、白い手袋を嵌めた手に禍々しい凶器を握り締めていた。

銀の拳銃だ。

銃口はとても自然に晶羽へと向けられている。

首筋が冷たく硬く強張る。

田丸はすでに他の者の手によって、運転席から引きずり降ろされてしまっていた。

「お迎えに上がりました」

男は精悍《せいかん》に整った顔に笑みを浮かべて、左手をすいと伸ばしてきた。まるで、舞踏に令嬢を誘う仕種《しぐさ》で。右手には銃を構えたまま。

あまりにちぐはぐな雰囲気と行動に呑まれて、晶羽は抵抗《ていこう》する機会を逸《いっ》した。二の腕を摑まれて、車から降ろされる。

我に返ったのは、田丸がなんとか晶羽を救おうと、取り押さえる男を突き飛ばしたときだった。

「晶羽坊ちゃまを放せっ!!」

走り寄ってくる田丸へと、晶羽の腕を摑んでいる男は銃口を滑らせた。そして、まったく躊躇《ためら》いもなく、次の瞬間、引き金が引かれた。田丸がもんどりを打って、どっと地面に転がる。太腿《ふともも》を押さえた手のあいだから、ごぷりと赤い液体が溢《あふ》れた。

晶羽の喉はヒュッと鳴った。

「た…まる、田丸っ――ん、っ」

口が男の強い手で塞がれる。

頭のなかが真っ白になったまま、晶羽は男に腰を抱えられて、馬車へと連れ込まれた。扉が閉められたところで、いまさらながらに小刀を振りまわす。

「侯爵のお姫様の守り刀か?」

男は鼻で嗤《わら》うと、素早く晶羽の右手首を握って、あらぬ方向に捻《ね》じ曲げた。筋が捩《よじ》れる激痛に指が開いてしまう。呆気《あっけ》なく小刀は男の手に渡った。

馬車が走りだす。窓にかかる厚いカーテンを開けて助けを呼ぼうとしたが、背後から伸びてきた男の手に握られた布で、鼻と口を塞がれた。

なにか、甘いような匂いがする。息苦しさに思いきりその匂いを吸い込んでしまう。

頭の芯がぐにゃりと歪む。

「つぐ、ん、っ、んん………っ」

視界が激しく揺らぐのに、思わず目を閉じる。

晶羽の意識は、そのまま瞼の裏の闇へと吸い込まれていった──。

眠るときいつも、晶羽は身体を横倒しにして、背骨のひとつひとつを折るように背を丸め、足をくの字にする。そうして外界に触れる面積を小さくすると、安心できるからだ。

いまもその姿勢になろうとしているのだけれども、手足を動かそうとするたびに、くいっとなにかに引き止められる。

次第に苛々《いらいら》してきて、ついに重たくてたまらない瞼を上げた。

仰向いている顔、視線の先には湖岸の風景がある。それが、天蓋《てんがい》付き寝台の天井に張られた油絵風の西洋刺繍《ししゅう》だと気づくのには、しばらく時間がかかった。晶羽の寝台には天蓋はないし、この刺繍画にも覚えがない。

いったい、ここはどこなのだろう？

手を動かそうとすると、キシッと小さく木の軋む音がした。右上へと目をやる。手首に白い絹紐が巻きついていた。それは天蓋を支える柱のひとつへと結びつけられている。晶羽は全身でもがいた末、四肢がそれぞれ、近い支柱に拘束《こうそく》されていることを知る。

しかも、なぜか白無垢の襦袢を身に着けさせられていた。感覚からして下穿《したば》きも除《のぞ》かれているようだ。閉じられない足のあいだが、狭間《はざま》まで外気に触れてすうっとする。

「な……に？　どうして……」

なんとか拘束を外そうと、手足に力を籠める。キシキシと、組まれた寝台の木が啼《な》いた。寝台の四面を閉ざしている紗《しゃ》の布が、重さもない様子でかすかに揺れる。寝台の横には洋燈《ランプ》が置かれているらしく、薄布に濾過《ろか》された明かりもまた水中の光のように頼りなく揺らぐ。

暴れれば暴れるほど、ただ襦袢ばかりが乱れていく。裾は人の字形にかなり深くまで割れてしまっていた。

次第に晶羽の意識ははっきりとしてくる。

——そうだ。銀の拳銃を持った男に、連れ去られたんだ。

格の高い紳士然としていながら、あの男は田丸を撃った。憤りと恐れが込み上げてくる。

田丸は自分を助けようとしたために、銃弾を撃ち込まれてしまったのだ。学習院の送り迎えから、細々した私用まで、田丸はいつも穏やかな様子で丁寧な運転をしてくれた。彼は晶羽の癇性を刺激しないで傍《そば》にいることのできた数少ない人間だった。空気のように自然にしているから、晶羽は改めて感謝をしたこともなかったのだけれども、もし田丸に万が一のことがあったらと考えると、心臓が震えた。

「威勢よく寝台を軋ませて、寝起きはいいようだな」

ふいに、四角く閉めきられていた紗の布の一角が開かれた。

そこには男が――先刻の男が立っていた。上着だけ脱いだ、純白のシャツにベストとズボンという服装だ。

男は左手になにかを提《さ》げていた。三本の紫紺色《しこんいろ》の組み紐に吊るされた、拳大の銀でできた鞠《まり》。鞠には花の透《す》かし彫りがほどこされており、透かし部分から煙が薄《う》っすらと迷い出ている。吊り香炉《こうろ》だ。

男はそれを寝台の天蓋につけられた留め金に引っ掛けると、靴を履いたまま寝台に乗ってきた。

「ここは、どこだ?」

ひるみそうになる自分を叱咤《しった》して、晶羽は厳しい口調で問う。

「俺の日本での仮住まいの邸だ」

そう言いながら、男はネクタイを荒い手つきで緩めた。その仕種が妙に色めいて見えて、晶羽の身体の芯は、きゅっと収斂《しゅうれん》する。

「日本でのって、どういう意味だ? おまえはいったい――」

「おい。本気で俺のことを見忘れたのか？」

男は呆れ顔をすると、綺麗に整えられた髪をざっと片手で掻きまわした。鮮やかな黒髪が乱れて、額に落ちる。それだけで、男の印象はひどく猛々《たけだけ》しいものへと変化した。

「——っ、おまえは！」

驚愕《きょうがく》に晶羽は目を見開く。

「ようやっと気づいたか。中國人嫌いのお姫様」

洋装姿で気づかなかったが、間違いない。

男は半月前に、晶羽が警察官に引き渡した異邦人だった。

「あの時は、よくも恩を仇《あだ》で返してくれたじゃないか。ん？」

やわらかな褥《しとね》が、男の重みに沈む。

「拉致《らち》されそうになってるのを助けてやったっていうのに、平手打ちをされて、そのうえ警察に暴漢だって引き渡されて。まったく面白い思いをさせてもらったよ」

「近づくなっ」

いまや男は獣《けもの》のような四つん這いになり、四肢を伸ばすかたちで拘束されている晶羽へと覆い被さっていた。しかも左膝が置かれているのは、晶羽の開かされた腿のあいだだ。

男は、まるで愛妾《あいしょう》にする手つきで、晶羽の浅い色合いの髪を撫でた。

「どうだ？　嫌いな相手に触られている気分は？」

長くて強い指が、髪から耳の裏へと這い込み、薄い皮膚をくすぐる。首筋がぞくりとして、晶羽は慌てて首を傾《かし》げて指から逃げた。心を励まし、精一杯のきつい眼差《まなざ》しで男を睨む。

「おまえ、田丸を撃っただろう」

「田丸？」

「運転手のことだっ」

「ああ、あの勇猛果敢《ゆうもうかかん》な従者《じゅうしゃ》か」

男は鼻で嗤った。

「健気に従者の心配をしてみせるなんて、どんな偽善遊びだ？　おまえみたいな差別好きの奴《やつ》が運転手ごときの安否《あんぴ》を気遣《きづか》うわけがないだろうに」

「偽善だと？　無礼《ぶれい》なことを言うな！」

「無礼はどっちだ？」

ぴしゃっと言われる。

「おまえが俺にしたことこそ、礼の無いことだろう？」

「……」

晶羽は唇を噛んだ。それについては反論のしようがなかった。

母を奪った中國の男に対する怨恨《えんこん》を、自分は間違ったかたちでこの男に向けたのだから。

「謝らないつもりか。まぁ、いい。これから何倍にもして償《つぐな》わせてやる」

そう言うと、男はふたたび指を晶羽の首筋へと這わせてきた。妙に熱っぽい掌に首をくるまれる。強烈な寒気がそこから体内にざぁっと拡がる。

「握り潰せそうなぐらい細い首だな。俺好みだ。脚もまっすぐで、ほっそりしてる」

割れた襦袢の裾から伸びる脚をじろじろと眺められて、項《うなじ》に汗が滲みだす。男の指が首から剝がれて、懐《ふところ》の合わせ目を辿《たど》る。ひどく背筋がざわめいて、晶羽は身を硬くした。

「これだけの色っぽさなら、女も男も喰《く》い放題だろう?」

「――おまえは、何者だ? なんのために僕を連れ去ったんだ? 金が目的か?」

「俺は、王者の王で『ワン』という。下の名は炎の爪で『ヤンツァオ』だ」

「王……炎爪――ぁっ」

名前を口にしたのと同時に、胸に熱い感触が滑り込んできた。平坦《へいたん》な胸を熱心にまさぐられて、晶羽は全身でもがいた。

「やめろ、なにをっ」

「おまえの母親は『帝都の華珠』と誉《ほま》れの高い美女だったそうだな」

「っ、ん……」

男の指先が小さな乳輪の周りにいやらしく円を描く。その円が少しずつ小さくなっていく。ついに中心部に指が引っ掛かった。次の瞬間、襦袢の胸元を両手で摑まれて、ぐっと左右にはだけられた。

薄い胸を剝き出しにされる。男なのだから羞恥するのはおかしいとわかっているのに、芯を持って尖《とが》ったふたつの粒をとっくりと眺められると、身の置きどころのない感覚が寄せてくる。

「さすが、品のいい細やかな肌をしているな。ここの淡い桜色がよく映《は》える……これが、おまえの華珠か？」

左胸の粒を浮き立たせるように、周りの皮膚を摘《つ》まれる。熱っぽい指に薄い皮膚を揉《も》まれると、乳首がよりぷっつりと浮き出てしまう。

男なのにそんな場所を特別に扱われるのが恥辱的で、晶羽はキシキシと支柱を鳴らした。

「っ、こんな狼藉《ろうぜき》が許されると思うな！」

「それが残念ながら許されるんだ」

「え？」

「おまえをどう処分してもいいと言われてる」

晶羽は目を大きくしばたいた。

「……処分？」

わけがわからない。いったい、誰が許したというのか。処分とはどういう意味なのか。

理解できずに言葉を失う晶羽を、炎爪は襦袢から覗く胸へと顔を伏せながら上目遣いに見つめる。

「まずは、おまえの真珠を愛《め》でてやろう」

湿《しめ》った吐息《といき》が胸を撫でる。突起の表面を、差し出された赤い舌がぬるりと滑った。舐《な》めるというよりは、まるで小粒の真珠を丹念に磨くかのように、濡れた柔肉で擦《こす》られていく。それはこれまで体験したことのない、いたたまれない感覚だった。

胴を捩って逃げようとするのに、男の舌は難なく追いついてくる。

「美味《うま》い。喰ってやりたいぐらいだ」

「あっ、やだっ――やめろ……あ、あっ」

乳輪を唇で覆い隠すかたちで、炎爪が胸に吸いついてきたのだ。吸いつきながら、粒を甘噛みしたり舐めまわしたりする。あまりに激しい疼《うず》きと、しゃぶられる音の卑猥《ひわい》さに、晶羽は思わず高い音程で啼《な》いてしまった。

「うん……あ……あぁっ、んっ」

その声に自分で驚いて唇を噛んで押し殺そうとしたが、右胸にも指が這い、もうひとつの華珠を囚《とら》われてしまう。摘ままれた粒をコリコリと指先で転がされると、糸のように細くて甘い音が喉から漏《も》れた。

左右の胸にほどこされる手慣れた淫戯《いんぎ》に、小刻みに身体が跳ねる。意識に深く靄《もや》がかかっていく。うつろに瞬きしながら息を吸い込んだ晶羽は、煙たさに軽く噎《む》せた。

「な……に？」

紗の幕に四面を閉ざされた空間はいまや、吊り香炉から漏れる薄煙に満たされていた。その煙を吸うごとに、とろとろとした熱い蜜《みつ》が身体の芯から溢れるような感覚が起こる。

「や――この、匂い……胸も、嫌、だ」

舌が麻痺《まひ》してしまったみたいに、うまく言葉が喋《しゃべ》れない。

緩慢《かんまん》に首を横に振って、晶羽は敷布から腰を浮かせた。尖った腰骨で宙を突くかたち、男の腰へと自分の腰を押しつける。そうしていると、嘘みたいに気持ちがいいのだ。下腹にもどかしい熱の塊《かたまり》がある。どうにかそれを鎮火《ちんか》したくて……。

炎爪は少しだるいような仕種、ゆっくりと晶羽の胸から顔を上げて、前髪を掻き上げた。溜め息をつき、ひどく潤《うる》んだ黒い瞳で見下ろしてくる。

男の色欲の表情というのは、こんなにつらそうでせつなげなものなのかと、晶羽はどきりとさせられる。

炎爪の手指が襦袢のなかに滑り込み、肩から二の腕を撫でさする。そんななんでもない場所ですら、触れられるとじんわりとした快楽を積もらせる。晶羽の呼吸は不安定に震えた。

「シルクロードを渡ってきた媚薬《びやく》入りの香草を焚《た》いてるんだ。よく効くだろ」

シルクロード……ビヤク……その言葉を理解するのも億劫《おっくう》なほどの恍惚感《こうこつかん》。

それでも持ち前の気位の高さだけで、口が反抗する。

「効いて、ない」

「嘘をつけ」

「ほんとう、だ……僕には、効かない」

「それならアレはなんだ?」

「アレ?」

「自分の腰を見てみろ」

眉間《みけん》に皺《しわ》を寄せて、晶羽は自身の下腹を見た。

襦袢の裾はあられもなく開いてしまっていた。その合わせの際《きわ》の部分から、なにかが突き出ている。しばらくのあいだ、自分がなにを見ているのか理解できなかった。

――薄紅色《うすべにいろ》の、茎? ……ぐじゅぐじゅに濡れて………。

炎爪の手がふたたび胸に戻ってきて、小さな珠をいじりはじめる。すると、その直立している茎はヒクつき、熟れた先端から透明な液をとろりと溢れさせた。

そのおぞましいまでになまめかしいものが自分の性器だと気づいた瞬間、晶羽の心臓はばくっと波打った。そのまま心臓が壊れたみたいになる。

「それにしても、胸だけでここまで感じる男なんて、そうそういないぞ? かなりな好き者だな」

乳首を親指で潰されれば、まるで性器の先端を潰されたみたいな快楽が身体を貫く。

「……おまえのような下種の手でなど、感じるかっ」

気の遠くなりそうな恥ずかしさをきつい口調に載せて叩きつけると、炎爪はまるで睦言《むつごと》でも囁かれたかのように心地よさげに喉を鳴らした。

「さすが、華族のお姫様は気高くておいでだ」

そうして炎爪は、晶羽の右手首を拘束している絹紐を解いた。

「下種の手じゃ感じられないというんなら、自分の手で感じろ」

右手を摑まれて、下腹へと連れて行かれる。

掌に硬くてぬるりとした肉が触れる。驚いて手を引こうとすると、手の甲を包み込むかたちで炎爪が手を重ねてきた。手指で筒を作らされる。ただそうやって茎を軽く締めつけられただけなのに、目もくらむような性快楽が腰全体を重く浸した。頭の芯がピリピリする。

「……あっ」

「いつもしてるみたいに、してみせろ」

「っ、誰が——こんな、こんなこと」

「なんだ？　華族様は自分を慰めることもしないのか？　なら、教えてやろう。こうやるんだ」

炎爪は被せた手で晶羽の手を握ると、根元から先端へと扱《しご》くことを強要した。そして今度は、頂から根元へと扱かされる。先端にかかっている薄皮が剝《む》けて、ぷるっとした粘膜《ねんまく》じみた頂が露《あら》わになる。緩急をつけた動きのままに、くちゅくちゅといやらしい濡れ音が響く。

苦痛に近い、露骨《ろこつ》すぎる快楽。

「うう…っ、や……ぁ、あ、んん……んっ」

「華族様でも、こんなにはしたなく濡らすんだな。俺の手首まで蜜が滴《したた》ってきてるぞ」

「違……やめ……やめろ」

溺《おぼ》れかけている人のように忙しなく息を継ぎながら、晶羽は嫌々と首を横に振る。

どうして自分はこんな目にあっているのだろう？

誰にも触れさせずに堅く守ってきた貞節《ていせつ》を、野蛮《やばん》な異国の男によって踏《ふ》み躙《にじ》られている。動物のような快楽に引きずり下ろされて。

陰茎ばかりでなく、硬く保ってきた心まであられもなく揉みしだかれていく。

口惜《くや》しい。

「いや――いやだっ、おまえなんか、にっ」

張り詰めた茎を扱かされるたびに身体中をヒクンヒクンと震わせながら、晶羽は目の際に涙をいっぱいに溜めて男を睨んだが。

「ああっ」

熟した果肉のような先端を、男の親指の腹でくるくると撫でまわされる。

「やっ、するな、ぁっ、ぁ、あ」

尿《にょう》を堪えるように、迸《ほとばし》りたがるものを必死に抑え込もうとする。

しかし、その先端の強張る小さな孔《あな》をくじられてしまうと、もうとても我慢できなくなる。下腹がぶるぶると痙攣《けいれん》し、拘束された手足が跳ねた。

爪先がくうっと丸まる。身体の芯も頭の芯も、熱く小刻みに震えて。

敷布から浮き上がった背が引き攣《つ》れる。

「嫌――――っ」

茎の先から白い粘液を溢れさせたのと同時に、晶羽は瞳からも涙を零《こぼ》した。どちらの熱い液体も、腺《せん》が壊れて開ききってしまったかのように止め処なく、だくだくと身体から噴《ふ》き出していく。

ずっと溜め込んでいた欲と情が決壊《けっかい》していた。

「っ……う、うっく」

精を散らす恥ずかしい姿も、泣きじゃくる姿も、人目に晒したのは初めてだった。

「おまえの欲はなかなか濃いな」

炎爪はわざと晶羽の目の前で指を蠢《うごめ》かして、粘《ねば》つく白い蜜が糸を引くさまを見せつけた。

夢で感じてきたのとは比べものにもならない、頭の芯がカッと燃え立つような屈辱感《くつじょくかん》に、晶羽は右手を宙に上げた。あるだけの力で、男の左頬を平手で打つ。手指には精液が絡んだままだったから、男の小麦色の皮膚に白い汚れがついた。

「おまえに打たれるのは二度目だな」

大して痛みも感じていないらしく、男がにやりとする。

そして炎爪は、もう一度叩こうと上げられた晶羽の腕をぐっと摑んだ。

「……え?」

濃い粘液に塗《まみ》れた指が、肉厚な唇へと連れて行かれる。炎爪は晶羽の顔をじっと見つめたまま、あろうことか人差し指をしゃぶりだした。

自分の放ったものを口にされ、しかもごくりと嚥下《えんか》されるのに、晶羽は愕然《がくぜん》とする。

「飲むなっ」

顔を真っ赤にして命じるのに、炎爪はやめてくれない。

人差し指、中指……最後に親指が、熱い口内ですすられ、舐め清められた。手の甲も丁寧に舐めまわされる。

「晶羽、よく覚えておけ」

炎爪は唾液《だえき》に光る晶羽の繊細な指を一本ずつ折り曲げさせた。そうして拳を作らせてから、中指だけを軽く浮かせた。

「本気で敵を殴るときは、拳で殴れ。こうして中指を尖らせておくと、攻撃力が上がる」

「……っ」

ひどく馬鹿にされている気がして、それなら殴ってやろうと晶羽は拳を宙へ振りかざそうとしたけれども。

「いまはお預《あず》けだ」

愉しげな軽い口調で言うと、炎爪は晶羽の右手をふたたび寝台の支柱へと結びつけたのだった。

紗幕の内側には、常にほの甘い香の煙が漂《ただよ》っていた。

その煙は晶羽の頭蓋骨《ずがいこつ》のなかまでも満たしているものか、意識の明度はひどく不安定だ。ここからなんとか逃げなければと考えていた数秒後には、天蓋に刺繍された湖の岸辺へと心が迷い込んでいる。骨までもとろとろの蜜と化してしまったかのように、身体に力が入らない。

ここに連れてこられてから、五日ほどになるだろうか。

王炎爪は三度、紗幕を割って入ってきた。そのたびに胸を口と指でしつこく弄《もてあそ》ばれた。異国の媚薬を嗅《か》がされつづけている肉体は発情状態にあり、とても誘惑を退けられない。晶羽は自由にされた右手だけで、ぎこちなく、次第にはしたなく、自身の雄を慰めた。二度、三度と立てつづけに逐情《ちくじょう》して、下肢を白濁《はくだく》まみれにしてしまう。

箍《たが》が外れて、自分が自分でなくなったみたいだった。

食事や憚《はばか》り、清拭《せいしき》は、炎爪の従者らしき葉淋《イエ・リン》という、切れ長の目が印象的な青年の仕事だった。彼はすらりとした身体に長袍を纏い、抑揚《よくよう》は微妙であるものの日本語をひと通り話すことができた。しかし、礼儀正しく物静かな様子とは裏腹、彼はなかなかの武術の使い手らしい。晶羽は憚りに連れて行かれるときに幾度か脱走を試《こころ》みたのだが、それは淋の最低限の動きによって、確実に封じられた。

晶羽が閉じ込められているのは、洋館の二階だった。邸にはかなりの数の部屋があるようだ。

幅広の階段は総大理石で、牡丹《ぼたん》が織り込まれた唐物《からもの》の絨毯が敷かれている。窓枠やシャンデリアはいかにも西洋から取り寄せたらしい瀟洒《しょうしゃ》なものだ。

窓からの視界は高木の連なりに塞がれていて、ここがどのあたりなのか見当もつかない。自分が連れ去られたのは、田丸が目撃している。いまごろ、父をはじめとして花登の奉公人たちも、きっと警察も、自分の行方を全力で捜しているはずだ。

『おまえをどう処分してもいいと言われてる』

耳の奥に甦る炎爪の言葉からは、目をそむける。

大丈夫だ。絶対にここから救い出される。待っていれば、必ずここに助けが辿り着いて、自分を救い出してくれる。

そうしたら、元の生活に戻ることができる。

——元の、生活。

その響きに安堵の光を見出そうとしているうちに、囚われの褥のなか、晶羽の瞳はふたたびうつろに澱《よど》んでいった……。

『向うの小沢に蛇《じゃ》が立って』

懐《なつ》かしい女の声だ。

『八幡《はちまん》長者の、おと娘、よくも立ったり、巧《たく》んだり』

心地よい節回しに、晶羽はうっとりする。

『手には二本の珠《たま》を持ち、足には黄金《こがね》の靴を穿き、ああよべ、こうよべと云いながら、山くれ野くれ行ったれば………』

何度も何度も読み聞かせられたから、知っている。

――泉鏡花《いずみきょうか》の「草迷宮《くさめいきゅう》」の始まりだ。

思い出す。そういえば、晶羽が六つ七つの年まで、母はよく夜に彼の寝室を訪れて、いろいろな話を読み聞かせてくれた。特に鏡花の作品を唄《うた》うように読むのを好んだ。なんでも、鏡花の母親は鼓師《つづみし》の家の出で、だから彼は唄に精通していて、それが作品にも生かされているのだとか。

五年前から母の思い出はあれもこれも穢らわしいものと封印《ふういん》してしまっていたので、読み聞かせのことも、すっかり忘れてしまっていたのだ。

いま思えば、母の読み聞かせは少し変だった。

普通は子供が寝つくまで読むものなのだろうに、晶羽が眠っても、母はずうっと本を読みつづけた。朝陽が眩しくて目を覚ましたとき、まだ母親が嗄《か》れた声で唄うように本を読んでいて、ぎょっとさせられたこともあった。

――なんで、母様は朝まで僕の部屋で、本を読み聞かせていたんだろう？

その疑問を心に浮かべたのとほとんど同時に、晶羽は答えに辿り着く。

──……ああ、そうだったんだ。

母が本を読んでくれた翌朝、花梨《かりん》の長テーブルで朝食を摂るのは、決まって母と晶羽のふたりだけだった。父は、いなかった。

──父上は妾《めかけ》の……いまの継母の家に泊まっていたんだ。

それが哀しくて侘《わ》びしくて口惜しくて、母は眠ることもできなかったのだろう。

「帝都の華珠」と、どれほど褒《ほ》め讃えられても、ひとりの女としての彼女は決して幸せではなかったのだ。そして、息子の自分も含めて、誰も彼女の気持ちには目を向けなかった。

晶羽は夢うつつのなかで、母の想いを辿ろうとする。

華族の血筋でありながら、早くに両親を亡くして養女となり、年の離れた侯爵へと嫁《とつ》いで。ようやっと家族を作れたと思ったのに、夫を他の女と分け合わなければならなかったのだ。

奉公人たちには癇性な奥様だと厭われ、夜は眠れずに息子の部屋で声が嗄れるまで本を読みつづけ。

そうして、大陸の男と出奔した。

──…………母様は、家を出てからの三ヶ月、どんな気持ちで過ごしたんだろう?

「草迷宮」の主人公、明《あきら》が母の口ずさんでいた手毬唄《てまりうた》を探し歩いて摩訶不思議《まかふしぎ》な異界へと迷い込んでいったように、晶羽の心もまた深い迷宮へと吸い込まれていく。

こそばゆさに、長いこと沈んでいた意識が浮上した。

晶羽はぼんやりと目を開け、肘枕をして自分に寄り添っている黒い長袍姿の男を見つける。炎爪は我が物のように、白絹の襦袢から覗く晶羽のなめらかな肌質の内腿を掌で愉しんでいた。

――大陸の男……。

まだ母追いの迷宮から抜け出しきれない晶羽には、炎爪と母を奪った男とが重なって見えた。

支柱に結ばれている脚を閉じようと詮無《せんな》い努力をすると、浮いた内腿の筋を辿って、男の指が奥へと這い上ってくる。双嚢《そうのう》の裏を指先でくすぐられて、晶羽は眉を歪める。

「そ、そこには触るなと、言ってる」

晶羽が舌を噛んで自害しかねない勢いで嫌がるせいで、炎爪は会陰部《えいんぶ》への淫事は控《ひか》えてくれていた。こんなふうに連れ去って閉じ込めるような酷い男のくせに、よくよく考えてみると、炎爪はそれほど横暴ではなかった。

確かにいやらしいことはするが、下半身の処理は主に晶羽自身に任《まか》せた。そして炎爪はといえば、衣類を乱すこともない。媚薬混じりの香を嗅いでいるから彼もまた欲情しているらしいことは色めいた表情から窺《うかが》えたが、自身の欲求を晶羽にぶつけてくることはなかった。

それがかえって、自分ばかりが性快楽に意地汚いようで、晶羽におのれの自制心のなさを情けなく、恥ずかしく思わせたのだけれども。

……王炎爪は、不思議な男だ。

淋とは母国語で話しているから中國人であるのは間違いないのだろうが、彼の日本語は抑揚も発音も邦人のものとほとんど変わらない。晶羽に英語を教えてくれているイギリス人に言わせると、日本語は習得が難しい言語らしい。それなのに炎爪は流暢《りゅうちょう》に言葉を操《あやつ》るのだ。

洋装姿のときは上流階級の紳士にしか見えないのに、こうして髪を額に下ろして長袍を纏っていると、いかにも大陸の人間らしい覇気《はき》に満ち溢れている。

どうやら日本で商談をしているようだが、まっとうな人間があんな簡単に人を銃で撃ったりはしないだろう。

摑みどころがない。

「……んっ」

なにか、今日の炎爪はいつもと違っている。

嫌だと言っているのに、中指でするすると会陰部を擦ってくる。とても嫌なのに、襦袢の下腹が持ち上がってきてしまう。

「炎爪――嫌だっ」

腰を捩ると、炎爪はふいに指をさらに奥へと滑らせてきた。晶羽は音をたてて息を吸い込んだ。

性器をいじられる以上に、そこに――双丘の底に沈んでいる秘孔に触れられることが、晶羽は耐えられない。

十五歳のときから悪夢のなかで、後孔を女のように扱われてきた。口が裂けても、誰にも言えない悪夢。それが現実に剝き出しにされそうになっている。

「口をぴったり閉ざしてる貝だな」

きつく窄《すぼ》まっている蕾《つぼみ》をくにくにと中指の腹で揉まれて、晶羽は激しい恐怖を覚えた。そこを弄ばれてしまったら、母のように堕落してしまう気がする。しかも炎爪は、母の愛人と同じ大陸の血を引く者なのだ。

「やっ、いや、っふ――く」

「晶羽。この貝を抉じ開けられるのと、海の藻屑《もくず》になるのと、どちらかを選べ」

重い声に告げられて、晶羽は身動《みじろ》ぎを止めた。

「うみ、の、もくず？」

馬鹿みたいに鸚鵡返《おうむがえ》しする。

「さすがに俺にも情ってものがある。一度でも身体を交わした奴を海に沈めるのは気が引ける。だから今日までおまえを抱かずにきたが、いよいよ明日、上海《シャンハイ》に戻ることになった。命が惜しいなら、この貝の口を開いて、俺に情けを乞え」

脚の付け根の奥底に、鈍い痛みが走った。

「え？」

晶羽は瞠目する。

硬く閉じている蕾が、一本の指に無理やり抉じ開けられようとしていた。顔を蒼白にして、晶羽は首を激しく横に振った。指先が何度もめり込んでくる。

「駄目だ、開けたら――い、痛いっ、やだぁっ！　……ぁ……あっ」

「すごく熱くて、きつい……指が砕けそうだ」

四本の支柱は、晶羽の感じている苦痛と恥辱のままに、激しく軋んだ。

ぎゅうっと締まる肉の筒を、男の指が力任せに突く。晶羽の身体は淫らに上下し、腰がきつく縒《よ》れる。

完全に、悪夢は現実へと転写されていた。

「い……や」

性交のための孔ではないのに、どういうわけだか、痛みのなかで快楽の泡がぷつりと弾けて溶けた。

この快楽に囚われたら、母と同じ堕落の道を辿ることになる。

もし堕ちれば、父は自分を決して許してくれないだろう。母を密葬したときの、父の冷ややかな侮蔑《ぶべつ》に固まった横顔は、いまも脳裏《のうり》に焼きついている。

――あんなふうに見られるのだけは……嫌だ！　僕は、母様とは違うっ……違うんだ。

「せ……」

晶羽は焦点《しょうてん》の合わない目で宙を見据えたまま呟いた。

「僕を、殺せ。女の真似事をする気はない」

　また、波の壁が甲板へと襲いかかってきた。

　炎爪《ヤンツァオ》の腕は錨《いかり》のように晶羽を船上に繋ぎ留めている。彼の腕がなければ、自分で飛び込むまでもなく、すでに海の芥《あくた》となっているに違いなかった。

　だから、おのれが出した答えに従うのならば、ただ炎爪の腕から逃れればいいだけなのだ。そうして海に呑まれても、炎爪は無理に晶羽の命を救うようなことはしないだろう。

　晶羽が穢されるより死を望んだからこそ、炎爪は晶羽に薬を嗅がせ、海に沈めるための木箱に詰めて、こうして海上まで運んできたのだから。

　……選択は、自分の手にある。

　それなのに晶羽は、もうずいぶんと長いあいだ、炎爪の腕のなかで微動《びどう》だにできない。男の広い肩口に顔を埋《う》めるようにして、激しい揺れとときおり襲いかかってくる波に耐えている。隙間《すきま》もなく身体を寄せているから、晶羽の震えは炎爪に筒抜けだ。

　怖い。

死ぬのが、怖い。

自分は矜《ほこ》りのために潔く死ねる人間なのだと思ってきた。華族として、そうであらねばならないと教えられてきたし、それが高い美意識の証《あかし》だと思ってきた。

けれどいざ死の淵《ふち》に立たされれば、身は石のように竦み、心臓は悲鳴を上げる。

晶羽のなかの激しい葛藤《かっとう》を知ってか知らずか、炎爪はなにも言わずにただ晶羽を抱いている。

ついに、身も心も焼き切れる寸前の極限に達する。

「………炎爪、教えてくれ」

男の肩に額を押しつけて、晶羽は低く尋ねた。

「僕の処分をおまえに申しつけたのは、花登の者か？」

炎爪は、晶羽の濡れそぼった襦袢に包まれた身体を抱きなおしてから、答えた。

「ああ、そうだ」

継母か、異母弟か――それとも、あるいは。

訊けば、炎爪は教えてくれるかもしれない。けれども、それ以上を訊く勇気はなかった。

膝から急速に力が失われて、晶羽は炎爪の長袍の背の布を、回した両手で握り締める。晶羽の体重すべてを支えるように、力強い男の腕が細腰に絡んできた。

腰からじんと熱い疼きが拡がる。

自分はなんと浅ましいのだろう。

「晶羽……おまえは生きたいか？」

厳《おごそ》かなまでの深い声で炎爪に問われる。

晶羽は肩で幾度か息をしたのち、ぎこちなく頷《うなず》いた。

「生きることの代償《だいしょう》は、わかってるな？」

生きるために、自分はこの男に抱かれる。母を堕落と死に導いた、厭わしく呪《のろ》いつづけてきた大陸の男に散らされるのだ。

項垂《うなだ》れるように、晶羽は頷く。

折られた矜持《きょうじ》と命が繋がる安堵に、ひと筋の涙が頬を伝い落ちた。

しかし感傷に浸る間もなく、晶羽の身体は軽々と炎爪によって抱き上げられた。風雨に荒れ狂う甲板を歩きながら、炎爪が晶羽のこめかみに唇を押しつけて、囁く。

「おまえの底に眠る華珠を、俺に捧《ささ》げろ」

炎爪に抱えられたまま船内に連れられる。階段の下には、淋《リン》が立っていた。

「晶羽を上海に連れて行く」

炎爪の宣言に、淋は驚いた顔をする。

「出航前は、上海に着くまでに処分すると」

「事情が変わった。これから俺に命乞いをするそうだから、弛緩効果のある香油《こうゆ》を俺の部屋に持って来い」

横を通り過ぎようとする炎爪に淋が控えめなりに強い口調で言う。

「彼は、恩を知らない差別的な人物です」

「その恩知らずな華族のお姫様が、俺みたいなならず者に身体を開く決心をしたんだ。こんなに面白いこともないだろう」

抱えられている晶羽には、炎爪の愉悦《ゆえつ》の震えがじかに伝わってくる。

さらに意見しようとする淋を振り切って、炎爪は晶羽を部屋へと運んだ。

天井がいくぶん低いことを除けば、部屋は海のうえとは思えない上質さで纏められていた。カンテラの放つ光の輪が大きく揺れるなか、寝台の蔓草《つるくさ》紋様が織り込まれた上掛けへと晶羽の身体は放られた。

水が滴るほどぐっしょり濡れそぼっている白い襦袢は、ぴったりと肌に張りついて透け、ほとんど身体を隠す用を足していない。仰向けで肌の色を晒したまま、晶羽は圧し掛かってくる男から遠ざかろうと、寝台のうえをずり上がる。

しかしすぐに薄い腰をがっしりと摑まれて、男の下へと引きずり込まれた。

炎爪は熱の籠もった視線で、晶羽の身体を舐めまわす。左右の胸では小さな粒がぷっつりと浮いてしまっていた。下腹は布が重なっているものの、下穿きはつけておらず、性器のかたちが露わだ。

目で辿られるだけで堪えがたい感覚に苛《さいな》まれる。

「……身体を拭《ふ》かないと」

視線を避けるように身を捩りながら訴えると、肩を摑まれて、仰向けに押さえ込まれた。顔を真上から見つめられる。視線を逸《そ》らすことを許さない、激しい眼差しだ。

「これは俺の船だ。どんなに叫んでも、誰もおまえを助けない。まぁ、この嵐ではおまえの品のいい声なんて、掻き消されてしまうだろうがな」

炎爪が顔を伏せてくるのに、晶羽の身体は無意識のうちに逃げを打とうとする。両手首を握られて、寝台にきつく縫い留められた。

わずかに顔をそむけたけれども、覗き込むように顔を寄せられる。

唇が重なり合った瞬間、晶羽は硬く目を閉ざした。

息を止めて、肌を強張らせる。

唇を奪われたのは初めてのことで、その押しつけられる熱くてやわらかな感触に、心臓が痛くなる。炎爪は、晶羽の唇を肉厚の唇で押し包み、啄《つい》ばんだ。吸われ舐められ、あやすように唇をいじられれば、頭のなかにぼやりと靄がかかっていく。

「……ふ」

息が苦しくなって、熟れはじめた唇を開いて呼吸すると、

「そのまま、口を開いてろ」

甘みの滲む声で命じられた。

晶羽はうっすら目を開け――そして、びくんと肩を竦めると、ふたたびきつく目を閉じる。

「んっ、んん――ん、ぅ………」

口のなかを満たしている、嘘みたいにやわらかくて熱い肉。それに舌を囚われる。舐め上げられ、恥ずかしい濡れ音をたてながら捏《こ》ねられる。こそばゆくて、甘ったるくて、苦しい。首筋が痛いほど痺れて、とても耐えられなくなる。

晶羽は首を捻じ曲げた。唇からぬるりと男の舌が抜ける。口の端から混ざった唾液がこぷりと溢れる。

「きもち……わるい」

涙目で訴えると、炎爪は口角を意地悪く上げた。

「本当に気持ち悪いのか、確かめてやる」

「え？　あっ」

男の手に乱暴に襦袢の裾を乱されて、晶羽はもがいた。もがくけれども、容赦なく潤んだ素肌を辿られる。熱い手指に下腹の器官をじかに握り込まれた。

握られて、そこがどんな状態なのかを、教えられる。

「おまえは気持ち悪いと、こんなに濡れて硬くなるのか？」

「っ、や…」

ぬるぬると手の筒で茎を扱きながら、炎爪はふたたび晶羽の唇を塞ぐ。

自分の手ではない無骨《ぶこつ》な手に腫《は》れた陰茎をいじられる。他人の舌に口のなかの粘膜を舐め蕩かされていく。とても、受け止めきれない。意識が内側へと捲《ま》くれていくようで。船の揺れも、波の音も、世界から消えていく。

……だから、唇が離れて炎爪が身体を起こしたとき、ぼんやり目を開けた晶羽は寝台のすぐ横に佇む淋を見て、心臓が止まりそうなほど驚いた。いつ入ってきたのか、まったく気づかなかった。

「香油を持ってきました」

「ああ――晶羽、うつ伏せになって腰を上げろ」

命令されて、襦袢の下腹を掻き合わせていた晶羽はぼうっと炎爪を見上げる。なにを要求されているのか理解できない。

「こうしろと言ってるんだ」

炎爪は少し苛立った表情で晶羽の腰を掴むと、力任せにうつ伏せの姿勢を取らせた。膝をつくかたちで腰を宙に上げさせられる。頬と胸を寝台につけ、背が弓なりに反る。ばさりと襦袢の裾が大きく捲くられる音と感触。

「なに……」

肉の薄い双丘を剝き出しにされたのに気づき、晶羽は慌てて裾を下ろそうとしたが。

「そのまま尻を出してろ」

「嫌だ！　こんな……っ」

「これを選択したのはおまえだ」

厳しい声に、動きを封じられる。

「淋、ここにそれを垂らしてやれ」

双丘を両手で割って蕾を暴きながら、炎爪は言った。

香油が少しずつ尾骶骨《びていこつ》へと垂らされる。とろりとした液体が細い流れを作りながら、会陰部を伝い、茎の先まで垂れていく。香油まみれになった秘孔を人に見られているだけでも身を裂かれるような惨《みじ》めさなのに、炎爪は指先で小さな蕾をいがめて、なかにまで香油をそそぎ込ませたのだった。

内側が濡れていく異様な感覚。まるで自身で分泌《ぶんぴつ》した愛液のように、ヒクつく蕾からぬくまった香油が溢れ出す。

「っ――ん、んぅう」

晶羽は、寝台の上掛けをぐしゃぐしゃになるほど握り締めて、細い呻き声を漏らしつづけた。

「もう、いいだろう。淋、下がれ」

腰を摑む手がなくなって、晶羽は力なく寝台に腰を落とす。

香油のせいだろう。体内が痺れるように熱い。陰茎の先の粘膜に近い皮膚も、重ったるく痺れている。

炎爪は脱力している晶羽の身体を仰向けに引っ繰り返すと、しどけなく開かれた脚の奥へと手を差し込んだ。痺れているそこは、指を一本呑まされても痛みを感じなかった。それでも指を加えられて三本目を挿入《そうにゅう》されたときには、さすがにかなりの苦しさを覚えたけれども。

いつもは高慢に上げている眉を歪め、長い睫を深く落とす。頬が痛いほど火照《ほて》っている。男を嵌められるための性器のようになってしまった孔に、ねっとりとした指淫を施された。

炎爪の目には受け入れて従順にしているふうに映ったかもしれないが、実際のところ、晶羽は高い矜りゆえに、ここまでの行為ですでに心をずたずたにされていた。しかしそんな心とは裏腹、香油の効果なのか、体内の粘膜は男の指に不慣れなりに絡みつき、下腹で屹立《きつりつ》したものは襦袢の薄布をはしたなく突き刺す。

自分の身体なのに、どういう理《ことわり》で反応しているのか、わからない。わかりたくない。

ようやく指が引き抜かれて、晶羽は震える気道と唇で忙しなく呼吸する。

炎爪は身体を起こすと、長袍の釦をひとつずつ外していった。黒い上衣を脱ぐと、隆々《りゅうりゅう》とした肉体が露わになる。彼の張りのある肌は金属めいた輝きを帯びていた。絶対的な体格の違いを見せつけられ、晶羽は畏怖《いふ》を覚える。

黒いズボンの前が開かれた。

そこから握り出されたものを目にしたとたん、晶羽は頭を殴られたような衝撃を受けた。

炎爪の男としての器官は、彼の逞しい肉体に見合う猛々しさだった。

――壊される……。

あんな大きなものが、自分のなかになど入るわけがない。

「できない……無理だっ」

恐ろしさに衝き動かされて、晶羽は寝台を降りようと上体を起こしかけたが。

「それなら海に飛び込むか？」

突き放す声で問われた。

身を砕かんばかりの波が思い出される。

そのひるんだ隙に、炎爪は晶羽の膝を摑んで左右に割り拡げた。

重い男の身体が圧し掛かってくる。香油でとろとろになった双丘の底に、硬いものがあてがわれる。

「炎爪、嫌だ――いや…………っ、ぁ」

蕾を無残に開かれていく。

痛い。香油の弛緩《しかん》効果も追いつかないほど、炎爪の器官は凶悪《きょうあく》に大きい。

「ほら、わかるか？　おまえの貝が開いていく」

苦しそうな、それでいて愉悦に塗れた声で、炎爪が囁く。

無理なのに、ぬるつく粘膜は極限まで開ききって、男を呑んだ。

「もっと脚を開いて、孔を緩めろ。楽になるから」

晶羽はヒクヒクと身体を震わせながら、壊されたくないあまりに、恥も忘れて炎爪の言葉に従った。そうして少し楽になったと感じたとたん、雄を根元まで一気に通されてしまう。

「ひ、ぁ、ああ……っ」

まともに呼吸もできないまま、晶羽は性交というものがいかに残忍なことなのかを心と身体に刻みつけられる。生きるための代償とはいえ、あまりに惨《むご》すぎる。

雄を収められているだけで限界なのに、炎爪が腰を撓《しな》らせはじめる。それが次第にあられもない律動《りつどう》になっていく。肉が濡れそぼった粘膜を穿《うが》つ音は、耳を覆いたくなるほどの淫らさだった。

「ぁ、っ、痛い――んっ、ぁ、あっ」

「気持ちよくなれるように、なかにある真珠玉を俺が探してやろう」

「なかに、ある…？　ああっ」

腰の角度が変えられて、腹側の粘膜をずるりと奥から入り口まで硬い亀頭で線上に抉られたのだ。なにか一瞬、全身がカッと熱くなるような感覚が走った。

「な、に？　あっ、んんんっ」

何度か同じように腰を使いながら、炎爪は次第に抉る場所を狭《せば》めていく。

男の身で、こんな場所を犯されて感じてはいけないと思うのに、そこを突かれるとどうしても高い声を上げてしまう。

身悶《みもだ》える晶羽へと身体を伏し、炎爪が乱れた呼吸で告げる。

「やっぱりおまえは稀有《けう》の華珠だ……海になど沈めなくてよかった」

「っ、もう――嫌っ、だ」

「嘘ばかりつく唇だな」

必死に息を継ぐ唇を舐めまわされた。

ずぶりずぶりと粘膜を犯されながら、なぜか勃《た》ち上がっている下腹の茎を熱い手指で荒く虐《いじ》められる。

快楽と苦痛の境目もわからなくなりながら、晶羽はまるで髪を摑まれて引きずりまわされるように、無理やり高みへと昇《のぼ》り詰めさせられた。それはこれまで知らない類《たぐ》いの長くて深い極みで、あまりの恐ろしさに眼底から涙が押し出された。

そして炎爪は、嗚咽《おえつ》にむせぶ晶羽のなかに、容赦なく激しい飛沫を叩きつけたのだった。


温かな濡れた感触が、するすると肌のうえを流れる。

海水の塩や体液が丹念に拭《ぬぐ》い取られ、清《きよ》められていく。

皮膚が呼吸を取り戻し、晶羽は目を閉ざしたまま、力の入らない唇で溜め息をついた。

身体が芯までだるい。内臓を喰い散らかされて腹のなかを空っぽにされてしまったみたいな疼《とう》痛《つう》と違和感がある。

けれどその肉体の苦痛を凌駕《りょうが》するほど、矜持を切り裂かれた晶羽の心は傷《いた》みきっていた。

強いられた屈辱、家の者に裏切られた怨嗟《えんさ》、貞節を奪われた喪失感《そうしつかん》。

耳の奥にこびりついている、男が口にした揶揄《やゆ》とも取れる言葉の数々、自分の上げてしまった嗚咽交じりの嬌声《きょうせい》。鼓膜《こまく》を掻き出せばそれらが消えるというのなら、自分は迷わずにそうするだろう。

夢のなかで異国の男に弄ばれたときとは比べものにもならない、身も心も砕かれるような苦痛と——快楽。

……肌のうえを優しく滑っていた布が去る。ひと通り身体を綺麗にされたようだ。やわらかな毛布が、横倒しで丸まっている身体に肩口までかけられる。

「なにか飲み物を持ってくるか？」

その低く響く声に、晶羽は驚いて思わず目を開けてしまった。これまで身体を拭いてくれるのは淋の仕事だったから、てっきり彼だと思い込んでいたのだ。

しかし、寝台の端に腰掛けているのは炎爪だった。

性交のときのまま、上半身は裸だ。彼の逞しい腕や胸板や割れた腹部を目にしただけで、晶羽は腰に重ったるい痛みを感じる。

果てた男の重みと満足げな息遣いが、ありありと甦ってきて。

「…………僕のことを矜りのない人間だと、思っているんだろう」

ひどく掠れた声で尋ねるともなく呟く。

炎爪は少し怪訝《けげん》そうな顔をしてから。

「案外、まともな感覚を持ってるんだとは思ったが？」

今度は晶羽のほうが怪訝な顔をする番だった。

「まとも？」

「がむしゃらに生きたいと思うのは、まともなことだろう」

「そういうのは――矜りのない、潔くないことだ」

「ああ、食うに困らずに生きてきた人間は、よくそういう世迷《よま》いごとを言うな」

炎爪が鼻で嗤う。

「がむしゃらに生きるのを矜りがないというのなら、そんな矜りは無駄なお飾りだ。棄《す》ててしまえ」

「……」

見下ろしてくる男の黒々とした双眸が、少しだけ細められる。それがなぜか、優しげに見えた。

「俺は上海の貧民窟《ひんみんくつ》で生まれ育った。両親は物心がついたばかりのころ流行り病《やまい》で死んで、天涯《てんがい》孤独《こどく》の身になった。俺も俺の仲間たちも、その日の食い物を得るために、凍死しないように毛布の一枚を得るために、足の裏を怪我しないように靴の一足を手に入れるために、なんでもやって生きてきた。悠長《ゆうちょう》に手段なんて選んでたら、明日を迎えることなんてできなかった」

それは、いつも食べきれないほどの料理が食卓に並び、冬の夜は羽毛の温かな布団にもぐり、常に自分の足にぴったりと合う靴を履いてきた晶羽にとって、想像もつかない生活だった。

「俺は必死に生きてきた自分を否定する気はない。矜りがないなんて思ったこともない。俺たちからすれば、簡単に命を投げ出す奴らのほうが、よほど矜りがなくて、まともじゃない――だから、おまえのまともな選択が、俺は嬉しかったんだ」


上海に着くまでの三日間、晶羽は身体にとっくりと炎爪を教え込まれた。そして、自分がいかに快楽に弱く、性的なことに貪欲《どんよく》かを思い知らされた。

華族として生まれ育ったことも、学習院で優秀な成績を修めてきたことも、褥のうえではなんの意味もない。性交を繰り返すたびに、いままでの自分が解体されていくようだった。

細切《こまぎ》れにされた自我を接《つ》ぎ合わせる暇もなく、どんどんバラバラにされていく。

これは一種の「死」なのではないかとすら思った。自分は海に飛び込んで死ななかった代わりに、炎爪によってこれまでの自分に終焉《しゅうえん》を迎えさせられたのではないか。

そうして性の酩酊《めいてい》に沈められたまま、晶羽は上海の地を踏んだ。

上海は、清朝《しんちょう》が一八四二年の阿片《あへん》戦争でイギリスに敗れたのを転機に、「租界《そかい》」という地区を内包するようになったという。一九二一年現在では、イギリス・フランス・アメリカ・日本を中心として植民地化している。

しかしこの租界は、あくまで軍事力によって諸外国が清朝政府に黙認《もくにん》させているものであり、そもそも健全な共存ではなかった。警察権が各国ごとに分散しているために治安も悪く、上海ではいかがわしい商売や賭博《とばく》、略奪《りゃくだつ》に阿片売買が横行《おうこう》し、「世界の魔窟《まくつ》」「魔都《まと》」などと称《しょう》されるありさまだった。

とはいえ、魔が集まる場所とは、すなわち喰らうだけのエネルギーが集結している場所ということになる。

上海に着いてから数日後、自動車の窓から租界の街並みを見せられた晶羽は、目を瞠《みは》るばかりだった。大きく蛇行《だこう》する黄浦江《ホアンプージァン》沿い、北西の一区画は外灘《バンド》と呼ばれ、そこに聳《そび》え立つ西洋建築物はどれも壮麗《そうれい》で、まるで神殿そのものだ。道路はアスファルトが敷かれ、ガス灯と街路樹が整然と道なりに並んでいる。

これまで華族の社交で数多くの邸宅や帝劇に出入りし、一流のものに接しているつもりでいた晶羽だったが、ここにあるものは桁違《けたちが》いだった。

それから租界の南側にある商業地、通称「南市《ナンシー》」へと自動車は向かい、炎爪とともに降車した。

そこは租界とは打って変わって、小昏《こぐら》く、ごみごみと建物が入り組んでいる。食べ物やら薬草やらの雑多な匂いが鼻腔《びこう》のなかで絡まり合う。抑揚の鋭い中國語がけたたましく耳を打つ。すれ違う者たちの目は獲物でも狙うように忙しなく動き、晶羽が異邦人だとわかるのだろうか。覗き込むように顔を見てきたりする。

晶羽のまったく知らない世界が、ここにはあった。

間口の狭い店先に陳列《ちんれつ》されているものを見た晶羽はびっくりして、半歩先を歩く炎爪の上着の裾を思わず摑んでしまう。

「なんだ?」

洋装姿の炎爪が振り返ってくるのに、慌てて手を引っ込める。

「いや……なんでも」

と言うものの、目が店頭に釘づけになっているから、炎爪は晶羽がなにに驚いたのかをすぐに理解する。

ザルに山盛りにされた蜥蜴《とかげ》や虫の干物、奇怪に曲がりくねった赤紫色の木の根らしきもの、変色した貝殻、死んだ蛇をなにかの液体に浸《つ》けてあるガラス瓶《びん》。

「あれは漢方の店だ。漢方薬ぐらいおまえも使ったことがあるだろう?」

「あるけど、煎《せん》じ終わったのしか見たことがない」

これまで発熱したときなど、いったいこのなかのなにを薬として呑まされたのか……考えるとゾッとする。

「おまえは俺の相手をするには精力が足りないようだから、そのうちよく効く薬を処方させよう」

「……炎爪が精力減退の薬を処方してもらえばいい」

褥でのことを思い出させられて少し赤面してしまいながらも、晶羽は言い返す。

炎爪はククッと愉しげに笑うと、手首を摑んできた。

「ここはまるで迷路だからな。俺からはぐれないようにしろ」

そう言って、晶羽の手を引いて歩きだす。

手首を握られてから、考えてみれば逃げる機会はあったのだと思い至る。それはいまに限らず、上海の炎爪の邸でもそうだった。別に部屋に鍵をかけて閉じ込められているわけではない。船上では、死か性交か、という選択肢しかなかったが、いまはもっと違う選択をできるのだ。

それなのに、自分は上海に来てからも、夜毎《よごと》、炎爪に身体を開いている。

——どうして……。

異国の地をひとり彷徨《さまよ》う勇気がないにしても、逃げることを思いつくぐらいはしてもよかったはずなのに。

晶羽は、自分の手首を摑んでいる炎爪の無骨な手を見つめる。

暴漢たちに連れ去られそうになっているところを助けられ、初めて彼に手首を摑まれたときに覚えた嫌悪感《けんおかん》は、いまはもうまったくない。

むしろ、熱い手指の感触に安堵めいたものを覚えている。

身体ばかりか心までも炎爪に抉じ開けられてしまったのだろうかと、晶羽は少し怖くなった。

南市を闊歩《かっぽ》する炎爪は、幾度も人に呼び止められた。

中國語なのでどういうやり取りをしているのかはわからないが、どうやらなにか困り事でも相談されているらしい。抑揚の激しい早口の訴えに炎爪は歩きながら耳を貸す。そして力強い声音で短くなにかを言うと励ますように相手の二の腕を叩く。そうすると相手は一様に安心した顔になるのだった。

——炎爪は、いったいどういう立場の人間なんだ？

その疑問は、どこをどう歩いてきたのかすっかりわからなくなったころに辿り着いた場所で明らかになった。

玉突き台、机上《きじょう》に詰まれたチップ、捌《さば》かれるカード。広々とした吹き抜けの屋内に充満している煙には、煙草《たばこ》のものだけとは思われない、甘い匂いが混じっている。

賭博に没頭《ぼっとう》している者たちは、白人も数人いたが、ほとんどが現地人のようだ。

その広間を横切って、炎爪は奥の扉へと入っていく。晶羽も彼に従った。廊下を抜けて、突き当たりの扉をさらにくぐる。

炎爪は部屋の中央部で立ち止まると、胸の前に上げた右の拳を左手で包んだ。そして、なにか挨拶《あいさつ》らしき言葉を口にする。

どっしりとした机の向こう側、革張りの肘掛け椅子に深々と腰を埋《うず》め、中華服を纏った美女をはべらせている初老の男が目を細める。いくぶん丸みを帯びたつややかな顔やゆったりしたいずまいから受ける印象は、富裕な実業家といったところか。

晶羽を軽く見返って、炎爪が小声で言う。

「楊《ヤン》さんだ。俺の属する幇《パン》——天命幇《ティエンミンパン》の棟梁《とうりょう》をされてる」

「幇？」

「秘密結社のことだ」

中國の秘密結社。その存在は晶羽も噂で聞いたことがあった。

——たしか、人殺しも厭わない、凶悪な犯罪者集団だって……。

晶羽はハッと顔を強張らせて、斜め後ろから炎爪を見上げた。

——炎爪が秘密結社の一員？

床がたわむような感覚に、晶羽は脚に力を籠めた。

性質の悪い冗談だと思いたかった。必死に炎爪が堅気である証拠を集めようとする。そうだ。彼は自分の船を持っている。だから海運業を営んでいる実業家なのだと晶羽は見当をつけていたのだ。

——でも、当たり前の顔で、銃を撃った。

手慣れたふうに銃を扱い、人を傷つけても、なにごともなかったかのように平然として。

『おまえをどう処分してもいいと言われてる』

自分の処分を依頼したのは、花登の家の者だという。

堅気の実業家に、人ひとりの処分を依頼することなど、あるだろうか？

――炎爪が上海の秘密結社の一員と知ってのことなら、あり得る……。

機嫌《きげん》のよい様子で炎爪と言葉を交わしていた楊が、ふいに立ち上がった。そしてなめらかな足取りで机を回って、晶羽の前へとやって来た。

「上海へようこそ、帝都の華珠」

日本語で話しかけられたのだと、すぐにはわからなかった。

「楊さんは、日本語、フランス語、英語も使いこなされるんだ」

「上海では租界絡みの仕事が多い。語学は良質の武器になる」

目の前に立つ楊の顔は確かに微笑んでいる。

けれどもそれはまるで、能面のように奇妙につるりとしたものだった。その面《めん》の下でなにを考えているのかと、むしろ対する者を不安に陥れる類いの微笑だ。

理屈ではなく本能でもって、晶羽は楊がいわゆる秘密結社の――凶悪な犯罪組織の棟梁であることを理解する。

そして、炎爪もまた。

「犯罪者集団の人間だなんて、僕は聞いてない」

淋の運転する自動車の後部座席、晶羽は厳しい口調で炎爪を詰った。

「ああ、そういえば言った覚えがないな」

横に座る男の態度にまったく悪びれたところがないことが、晶羽の癇性を刺激した。

「僕を騙《だま》したわけか」

「おい、待て。俺は別に騙してはいないぞ」

呆れと剣呑《けんのん》が入り混じった表情を炎爪がする。

「騙されたも同然だ。もし……もし、犯罪者だなんてわかっていたら、僕は——」

「幇の人間だとわかっていたら、妾なんかにならずに、海に飛び込んだ、か？」

「め……かけ？」

その響きに晶羽は眉を歪める。

「妾だろう？　妻でもないのに、俺に身体を開いて、俺に養われてる」

「——っ」

口惜しい。

炎爪の言葉に反論できないことが。知らぬうちに犯罪組織の人間に身体を汚され尽くしたことが。男でありながら、自分の身を自分で立てられていないことが。

そしてなにより、この男の手に安堵を感じてしまったことが、口惜しくてならなかった。

「僕は、妾などになるつもりはない」

「へぇ」

炎爪が可笑しそうな顔をする。

「それなら、この上海でどうやって生きていくんだ？　それとも、いまから死ぬか？」

からかう口ぶりに、晶羽の気持ちはぶつりと切れた。

「車を、停めろっ」

運転席の淋に命じる。

ちらと振り返ってくる淋に、「晶羽の望むとおりにしてやれ」と炎爪が乾いた声で言う。

車がなめらかに減速して停まった。

「で、どうするんだ？」

物見高く目を眇《すが》める炎爪を、晶羽はぎりと睨んだ。そしてふいと顔をそむけると、そのまま自動車の扉を押し開けた。租界のアスファルト敷きとは違う、土が剝き出しの埃《ほこり》っぽい道に降り立つ。

道の端を歩きはじめると、炎爪の車が速さを合わせて横に並ぶ。開けた窓から、炎爪が声をかけてくる。

「歩いて、俺の邸に帰るのか？」

「……」

「無視か。まぁ、いいだろう。魔都の恐ろしさを思い知れ」

炎爪は喉で嗤うと、淋に車の速度を元に戻すように命じた。

晶羽に砂埃と排気ガスを吹きかけて、自動車はあっという間に遠ざかり、角を曲がって見えなくなる。

車が見えなくなったとたん、ふいに恐怖めいた悪寒《おかん》が足元から這い登ってきた。足が竦んでしまう。

自分は言葉も通じない異国の地に、一銭も持たず、身ひとつで立っている。

気持ちを落ち着けようと、空を見る。そして空すらも異国のものであることを改めて知る。この空は日本のように青く澄んではいない。ほの黄色い靄がかかった濁《にご》り色だ。

どんっと後ろから歩いてきた女が肩にぶつかってきた。よれた服を纏った、杏形《あんずがた》のきつい目をした女だった。彼女は高い声でなにか文句を言うと、忙しなく道端の露店の人だかりへと吸い込まれていく。

その露店では、西洋の香水を売っているようだった。露天商の抑揚の激しい早口の声。それに群《むら》がる現地の女たちの喧《かまびす》しさ。

ぼうっと立ち尽くしている様子が目に付いたのか、小太りの男が顔を覗き込んできた。

髪の色や肌の色など外見は同じ東洋人で似たようなもののはずだが、晶羽が異質であることを相手ははっきりと認識しているようだった。炎爪から与えられた三つ揃いの背広は上質なもので、シャツは糊《のり》がよく効き襟の折り返しも鮮やかだ。また、晶羽の立ち姿ひとつとっても、華族特有の沁《し》みついたものがあるに違いなかった。

晶羽は男を避けて、歩きだす。

立ち止まったら、いけない。ひるんでいると悟《さと》られてはいけない。

横道に入るのは危険そうだったから、晶羽はとにかく幅のある通りを歩いた。歩きながら、どこに行くべきか必死に考える。

そして、はたと気づいた。

——租界だ。租界に行けば日本人がいる。上海には貿易業を営む日本人の実業家もよく来るから、僕のことを知っている者もいるかもしれない。

そうしたら、きっと日本に連れ帰ってくれる。

目的地は定まったものの、租界への道を現地人に尋ねるのも、言葉が通じないうえに、日本人だと知れたら足元を見られそうだ。自力で向かうことにする。

租界は、ここから北に位置する。南市の商業区を横切るのが近道だろうが、あそこにひとりで踏み込むのは避けたい。晶羽はとりあえず、上海の中心部を右上から左下へと蛇行するかたちで流れている黄浦江へと向かうことにした。川沿いに北上すれば、租界に出るはずだ。

黄浦江に出られるか不安でいっぱいになりながらも、晶羽はひたすら歩いた。ほどなくして、滔々《とうとう》と水の流れる音が聞こえてきた。晶羽は傾きだした陽光のなかを走りだす。

薄汚れた壁の建物群が途切れ、目の前が開けた。

広々とした川面《かわも》を、波に砕かれた陽光がちらちらと流れゆく。黄浦江だ。遠い対岸には田園地帯が長閑《のどか》に拡がっている。緊張の箍が緩んで、晶羽はしばし異国の河に見入った。

ここにこうして佇んでいるのが、ひどく奇妙なことに思われた。

目を閉じて開けば、一週間前まで当たり前のものだった日常に戻っているのではないか。瞬きのたびにそんなことを思う。けれど、いくら瞬きを繰り返しても、目の前の雄大な景色が変わることはなかった。

──租界に、行こう。

晶羽は黄浦江を右手にして、川沿いの道を歩きはじめた。

けれど、その足はしばらく歩くと、ふと止まってしまう。

俯いてぼんやりする晶羽の心には、新たな不安が昏く垂れ込めていた。

租界に辿り着ければ、日本に帰る道は開かれるかもしれない。船に乗って帝都に戻り、炎爪とのことは悪夢のひとつだと封印して、元の生活に戻る。

花登侯爵家の嫡子として。

……けれどいったい、炎爪に自分の処分を依頼したのは、誰なのだろう?

継母か、異母弟か。

あるいは、父侯爵か。

もし、もしも父が異母弟の泰紀に爵位を継がせたい一心で、自分を処分しようとしたのだとしたら——。

そう考えただけで、地面が足元から崩れていくような感覚に襲われる。冷たく強張った項を掌でくるむ。

不安があまりに重たいから、晶羽は自分がかなり本気で父を疑っていることに気づいてしまう。

「……」

ふらふらと枯れ草に覆われた川原を歩き、腰を屈《かが》めて水の面を覗き込む。

水鏡で、自分の顔に父の面影を探そうとする。母の不義の子ではないと証《あか》せるものが、どんな些細《ささい》なものでもいいから欲しかった。

けれどいくら目を凝《こ》らしても、上流の土砂を含んでいるものか濁った流水は、晶羽の姿をまともに映してはくれない。

ぽつりと思う。

——……僕は、花登の家に帰っても、いいんだろうか？

涼やかな水辺の風は絶えず吹き寄せ、晶羽のやわらかな質感の髪を乱す。

世界はとても広いのに、そのどこにも自分の居場所がないように思われた。

どのぐらい、そうやって川面を覗き込んでいたものか。目の前を影が過《よぎ》って、晶羽は我に返る。

山ほど荷物を積んで底を深く水に沈めた木船が、河を上っていく。

赫灼《かくしゃく》とした夕陽の赤が、河も空も船も染め上げていた。

治安が悪くなるだろう夜になる前に、租界に辿り着かねばならない。晶羽は慌てて立ち上がった。

胸に払拭《ふっしょく》しようのない不安を抱えたまま、土敷きの道に戻り、北へと向かう。

背後から自動車のエンジン音が低く響いてきたから、晶羽は道の端へと寄った。しかし、その車は晶羽を追い抜かすことなく、背後で停まったようだった。

車の扉が開けられる音。そして、追う歩調で近づいてくる靴音。

むずむずと嫌な予感がして、晶羽の足は自然と速くなる。そうすると、背後の足音もさらに小刻みになった。一歩ごと、予感が確信へと転じていく。心臓が喉元へ、ぐうっと迫《せ》り上がる。

晶羽はほとんど走るようになりながら肩越しに振り返る——そして振り返りきらないうちに、背後から強い腕に羽交い締めにされた。

「なっ」

口と鼻を濡れた布で覆われる。薬品めいた鋭い匂いが鼻の奥を刺すのに、目をきつく閉じる。

頭の芯がたわむような感覚とともに、晶羽の意識は急速に遠退《とおの》いた。

弦《げん》を掻き鳴らす音が、階下から聞こえてくる。

――……三味線？

あまり上品な調子とは言えないが、悪くない演奏だ。継母が呼んだ弾き手だろうか？　貧しい市井《しせい》で育った彼女には、洋楽よりも日本古来の楽器のほうが馴染《なじ》むらしくて、三味線弾きや鼓師を家に上がらせることがよくあるのだ。

晶羽は寝台のうえで寝返りを打とうとしたが、どうも腕が両方ともうまく動かない。手首に硬い感触がある。

身動ぎするたびに、ギシッギシッと木が軋む大きな音が聞こえる。晶羽の寝台は西洋の職人が作ったしっかりしたもので、こんな耳障りな音をたてたりはしない。それで、いま横たわっているのが、自分の寝台ではないと気づかされる。

晶羽は訝しく目を開けた。

「あ、気がついた」

黒目がちな大きな目。それは、晶羽と目が合ったとたん、びっくりしたみたいに忙しなく瞬いた。

「お母さん、この人、目を覚ましたよ」

その掠れぎみな声で、晶羽は相手が少年なのだと知る。てっきり、女の子かと思ったのだ。年の頃は、十三、四といったところか。子供っぽい丸みのある頰の線が結ばれる頤《おとがい》は、ほっそりと小さい。奥二重の目の愛らしい感じや、ちょんとした鼻、優しげなかたちの眉、刻んだような小さな唇。黒い髪も男の子にしてはちょっと長めだ。

そして華奢な身体に纏っているものが、よりいっそう、彼を少女めいて見せていた。

女物の紅《あか》い長襦袢だ。衿の合わせだけ布が切り替えてあって、薄桃色に黄色い蝶々が舞っている。

「ようやっと、目を覚ましたかい——ああ、やっぱり特上の玉だねぇ」

お母さんと呼ばれた女は、四十代なかばといったところか。彼女が顔を寄せてくると、厚塗りした脂粉《しふん》の匂いがむうっと漂った。唇の紅は、生肉でも喰らったかのよう。瞼の端には吊り上がるかたちで朱が入れられている。黒い緞子の着物の襟をぞろりと抜き、紫錦紗《きんしゃ》の帯を締めている。

子供のころ、母が読み聞かせてくれた物語のなかの妖女みたいだ。

「ここは……」

次第に意識がくっきりしてきて、晶羽は自分が上海に連れ去られたことを思い出す。

——そうだ。黄浦江沿いの道を歩いてたんだ。租界に向かって。

そして、背後から何者かに襲われた。そこで記憶は途切れている。

「ここがどこだか教えてあげよう。さ、お立ち」

女は乱暴に晶羽の二の腕を摑むと、寝台からぐいと起き上がらせた。引かれるままに上体を起こしながら、自分の手が前手に拘束されていることを知る。まるで咎人《とがびと》に嵌めるような粗末《そまつ》な木板にふたつの丸が刳《く》られていて、そこに手首を通す形状のものだ。

しかも、自分のしている格好に気づき、さらに驚愕させられる。

着ていた三つ揃いの洋装の代わりに、頼りない一枚布を身に纏っている。燃えるような紅い色。衿の切り替えしは紅と橙のまだらで紅葉《もみじ》が散っている。しごきは薄橙色の絞りだ。

それは、少年が纏っているものと同じような緋《ひ》襦袢だった。まるで遊女が身をひさぐときに着るような。

手枷《てかせ》と緋襦袢は、晶羽にひどい動揺《どうよう》と腹立ちを与えた。

女の手を振り切り、自力で床を踏んでぐっと立ち上がる。

顎を上げ、きつい眼差しで女を見た。女はすらとした長身で、晶羽と視線の高さが変わらない。

「この手枷をすぐに外して、僕の服を返せ」

「まぁ、そうお言いな。よく似合っておいでだよ。まるで凋落《ちょうらく》した姫様《ひいさま》みたいで」

「ふざけるな！　僕は花登侯爵の嫡子だ」

女は薄い眉をひょいと上げて、目を細めた。

「こんな異国の地じゃねぇ。そんなふうに素性《すじょう》を謀《たばか》る輩《やから》がごまんといるんだよ」

「僕を詐欺師《さぎし》呼ばわりするつもりかっ」

「気の荒い子だね。お客に出すときは一服吸わせてからにしよう」

「……お客？」

にぃっと笑むと、女は晶羽の衣文《えもん》をぐっと握って、有無を言わさずに部屋から連れ出した。拉致されるときに嗅がされた薬が残っているのか、力の入らない晶羽は女に従わされてしまう。

この建物は、おおまかな造りは中華式と洋式の折衷《せっちゅう》といった感じだが、窓に障子《しょうじ》が嵌め込んであったり、和行灯《わあんどん》が置かれていたりと、細部には日本のものが使われている。

三つの文化が渾然《こんぜん》と混ざり合う違和感が、濃密な昏さを醸し出す。

異界めいた奇異な雰囲気に気圧されそうになりながら、晶羽は手摺りに唐草模様の透かし彫りがほどこされている階段を下りさせられた。

べベンベン……と三味線の音《ね》が大きくなる。

幅広の階段を下りきったところは、よく磨かれた板敷きの広間だった。板敷きの一角に畳が三畳分組まれて置いてあり、三味線を奏でているのは、そこに胡坐《あぐら》をかいて座っている着流しの青年だった。

広間の奥へと目を転じた晶羽は、目を見開いた。

——牢屋？

床から天井まで、紅い縦格子《たてごうし》が歯のように並んでいる。そのむこうには畳が敷かれていて、人影がある。みんな、緋襦袢を纏っていて。

「ここは、まさか」

「ああ、そうさ。ここは東洋茶楼《さろう》、要するに娼館《しょうかん》だよ。上海の娼館といやぁ、お国でもちっとは有名なんじゃないかい？」

「娼館て、でもあそこにいるのは……男ばかりじゃないか」

男といっても、十代なかばほどから二十代頭までの、細い腰つきの者ばかりだけれども。

「日本妓楼《ぎろう》、韓国妓楼、中國妓楼、こう娼館がいっぱいあるなかで、同じことをやってたって詰まらないだろう。これはこれで、日本かぶれの西洋人なんかが『シュウドウ』に憧れて、足繁《あししげ》く通ってくるわけさ」

「……」

いまから二十数年前、日清戦争後に結ばれた下関《しものせき》条約により、日本は中國各地に植民地を有するようになった。そこに日本政府の許可のもと、貧しい家の娘たちが「からゆきさん」として大陸に渡り、娼館で働くようになったのだ。

それは知識として知っていて、なんと矜りのない穢らわしいことだろうと、晶羽は思ってきたのだが。

自分とて、生きるために炎爪に身体を差し出した身だ。

とても彼らのことを蔑《さげす》むことなどできない。胸が無性に痛んだ。晶羽が赤の他人の身の上にこれほど気持ちを揺さぶられたのは、たぶん生まれて初めてのことだった。

「ここの妓《こ》たちは、一攫千金《いっかくせんきん》を夢見て上海に渡った親が急死したり、親に口減らしで売られてきた子供たちなんだよ。まぁ、この娼館の主であるあたしは、ちょっとした慈善家《じぜんか》ってとこかねぇ……ミズキ、その煙管《きせる》をこの子に吸わせておやり」

さっき目を覚ましたときに見た小柄な少年が、おずおずと晶羽の口許《くちもと》へと煙管を寄せる。顔をそむけようとしたが、女に鼻を摘まれた。唇に吸い口を含まされる。息苦しさに耐えかねて、晶羽はその甘ったるい煙を肺いっぱいに吸い込んでしまった。

思いきり噎せるのに、何度も煙を吸わされる。

頭がぼうっとなったところを三味線弾きの男に抱き上げられた。二階へと運ばれ、さっきの小部屋に連れて行かれる。晶羽の体重を受けると、貧相《ひんそう》な造りの寝台はギシリと軋んだ。

寝台の頭板に埋め込まれている鎖が、手枷につけられたコの字の金具に繋がれる。

「……いったい…僕をどうする、つもり、だ?」

娼館の女主はにやりと笑う。

「お馴染みさんに、おまえみたいな妓が好物のお客様がいてねぇ。ちょうどこれから登楼なさるはずだから、水揚《みずあ》げしてもらおうと思ってね」

「みずあげ?」

「そんな怖い目をおしでないよ。お客様を睨むと悪いから、目隠しをしておしまい」

ごめんなさい、と呟《つぶや》きながら、ミズキが水色の縮緬《ちりめん》のしごきを晶羽の目へと当ててくる。後頭部で結ばれると、布を通した光がほのかに見えるだけになる。

「手馴れた方だから、おまえは人形みたいに横になっていればいいいさ」

「ふざけるな! 僕は花登侯爵家の」

「はいはい。侯爵様のご令息なんだろう。お客様にもそう言っておやりよ。かえって、喜ばれるだろうさ」

「……っ」

足音が遠ざかり、扉が閉められる音がやけに大きく響く。

うつ伏せになり、枷から手を抜こうとする。手枷と寝台を繋ぐ鎖を外そうとする。誰か助けてくれ、と恥もなく声を上げる。けれども、煙管から吸わされた煙のせいか、頭の芯も身体の芯も、ぼうっと熟んだようになっていて、手にも声にも力が入らない。もし、いまの晶羽を見る者があったとしたら、ただ寝台のうえで緩慢に身悶えているふうにしか見えなかっただろう。

そうしているうちに、扉の蝶番が鳴った。誰かが入ってくる。床の軋み方や歩調からして、男に違いなかった。ここの馴染み客ということは、西洋人だろうか？

晶羽は目隠しをされ手を拘束されたまま、緋襦袢に包まれた身体を強張らせる。裾が乱れて片足が腿のなかばまで剝き出しになっていることに、いまさらながらに気づく。手は使えないから、脚をもどかしく蠢かし、腰を縒って、なんとか裾を直そうとする。

「く、来るな……Don't come! Don't touch me! I'm a peer of……」

相手が笑う気配が伝わってきた。

晶羽は耳や衿から伸びるほっそりした項をほの紅く染めながら、少しでも男から遠ざかろうと、寝台横の壁側へと這いずった。

が、左足首をぐっと摑まれてしまう。そのまま、脚が宙に吊り上げられる。襦袢の布地が肌を滑った。

「なに……いや、だっ」

目隠しをされていても、自分がどんな姿になっているのかを想像することはできた。

胸を敷布につけて、腰を捩り、高く持ち上げられた左脚は裾が脚の付け根まで捲くれ上がっている。脚のあいだは剝き出しになっていて……下穿きを着けていないから、性器も後孔の蕾も客の男にあられもなく晒しているに違いなかった。

まるで逆さ吊りの罠にかかった獣のような屈辱的な姿だ。

晶羽は自由になる右脚で男を蹴ろうとしたが、力の入らない脚は簡単に捕らえられてしまう。

「……あ?」

会陰部に、ぬるりとしたやわらかなものが滑ったのだ。それは双嚢のうしろから尾骶骨までを行きつ戻りつしながら蠢く。蠢きは次第に忙しなくなり、いかにも舐めまわしているらしい濡れ音がたちはじめる。脚のあいだを唾液がツ…と伝う。

くねくねと動く舌が蕾へと伸び、襞をしつこくいじりだす。

晶羽は腿の内側に筋をくっきりと浮かせて、身悶えた。

「そんな、とこ、や——は、ぅっ、うう、んっ」

炎爪との性交では、そこを舌で愛撫《あいぶ》された経験がなかった。怯え閉じようとする蕾を、ぐりっ

と舌で抉じ開けられる。

「ぁあ、入るなっ、いや、あっ」

嫌なのに、炎爪によって性交のための孔として躾《しつ》けられた孔は、男の舌を咥《くわ》え、悩ましげに戦慄《わなな》く。客は気をよくした様子、蕾をむしゃぶり、指先で開いたそこに大量の唾液を流し込んだ。

感じまいと感覚を必死に殺そうとするのに、男の舌技はあまりにも巧みだった。それにたぶん、さっき吸わされた煙の効果もあるのだろう。晶羽の下半身は性交のとき特有の重ったるさに支配されていた。

……なぜ、どうして、こんなことになってるんだ?

屈辱感と絶望に、閉じた瞼のなかで眩暈《めまい》が起こる。

異国の男娼館で自分は見も知らぬ男に身体を弄ばれている。これは炎爪との行為とは意味が違うように思われた。少なくとも、炎爪とのことは、晶羽自身が選択したことだった。けれど、いましている行為に、晶羽の意思などただのひと欠片《かけら》もない。不条理に囚われ、拘束され、身を投げ出させられているのだ。

「い、痛ぃ」

舌の代わりに二本の指をつぷりと挿入される。狭い筒を捏ねまわされて、晶羽はビクビクと身体を跳ねさせながら、呂律《ろれつ》も怪《あや》しく、掠れ声を搾り出す。

「たすけて、たすけてくれっ!　だれかぁっ」

その声はむしろ男を煽《あお》ったようだった。

指が体内から一気に引き抜かれた。身体を仰向けに転がされる。閉じようとする汗を刷《は》いた内腿を、男の手で荒く抉じ開けられた。襦袢の裾は下腹が剝き出しになるほど捲くれてしまっている。

晶羽は最後の力を振り絞って、脚でもがき、腰を振りたてて抵抗した。暴かれている蕾が収斂《しゅうれん》する。わずかに芯を持った陰茎がふるふると跳ねる。客の男はその様子を面白がっているようだった。腿を摑む手の力を緩めて、しばらく晶羽を悶えさせていたが。

「――っ！　やっ――――」

ふいに脚のあいだに独特の圧迫感が訪れた。

晶羽は縮緬の目隠しの下で、目を大きく瞠る。

濡れた襞がぐうっと丸く引き伸ばされる。

「たす、けてっ」

なんとか挿入から逃れようと、晶羽は背で敷布のうえを懸命に這い上がった。いったん抜けたけれども、男はすぐに追いつき、入られまいとぎゅっと締まる場所に無理やり太い陰茎を捻じ込んできた。晶羽は衝撃に喉を反らし、思わず呼んだ。

「…ツァオ……炎爪」

この日本から遠く離れた地で、もしいま自分を救ってくれる者がいるとしたら、それは炎爪以外には考えられなかった。

不遜《ふそん》な、それでいて力強い包容力のある男の姿かたちが、水色の縮緬に溶けるように浮かぶ。

なぜか、ひどく目の奥が熱くなって、胸が軋む。

「炎爪っ!!」

晶羽の叫び声に驚いたのか、男は陰茎を途中まで挿《い》れたところで動きを止めた。

そして、身体全体で呼吸をするように喘《あえ》いでいる晶羽の後頭部へと、男の手が差し込まれた。

目を覆うしごきの結び目がほどかれる。水色の縮緬が目からずれた。

「…………」

晶羽は自分の目が壊れたのかと、本気で疑う。

見知らぬ男に犯されているという現実を受け入れられなくて、自分は妄想を見ているのではないか？

まったく反応しない晶羽に不安を覚えた様子で、男が訊いてくる。

「お仕置きが効きすぎたか？　おい、晶羽」

頬を平手で軽く叩かれた。

ようやく、晶羽に呼吸と瞬きが戻ってくる。

相手はほっとしたように表情を緩めると、晶羽の手の拘束板を外した。

「手首、擦り剝けてるぞ。どれだけ暴れたんだ、おまえは」

「……どうして」

「ん？」

晶羽の擦り剝けた皮膚を舐めながら、男が黒々とした瞳で見下ろしてくる。

「どういうことだ――炎爪」

「魔都の怖さが身に沁みただろう？」

「炎爪が、仕組んだのか？　僕をこんな場所に連れ去らせたのも」

詰りたいのに、声は弱々しく震えた。炎爪が目を細める。

「怖かったんだな」

「だ、誰が――ふ、ぁっ」

炎爪がゆっくりと腰を進めてくるのに、晶羽は顎を斜めに跳ね上げた。後頭部を敷布に擦りつける。根元まで繫がれる。

……さっきまでは、ただの絶望でしかなかった行為。それが炎爪が相手だとわかっただけで、こんなにも耐えがたい甘美をもたらす。素直に腫れてしまった陰茎が、恥ずかしい。

「ぁ、あっ、んんっ」

よがり声が自然に漏れる。

その声を吸い取るように、炎爪が唇を啄ばむ。

「ここは危険な地だ。だから、俺の傍にちゃんといろ……いいな？」

「ん……んっ」

炎爪の強い腰の動きに重ねて、ギシリギシリと寝台があられもない音で啼く。

晶羽の手はいつの間にか、炎爪の背へと回されていた。彼のベストの背に指をくっとめり込ませて抱きついている。

そうして縋っていると、同じリズムに乗ることができた。

粘膜の筒を開いて最奥へと誘い、退く男を逃すまいと締めつける。思うように動けないことに苛立った炎爪は、よりいっそう強い腰つきになる。粘膜が熱く熱く擦られていく。晶羽の反り返った性器は先端からしたたる蜜でぐっしょり濡れそぼっている。それを握り込まれた。

「ぁ、だめっ、先をそんなに、擦ったら、ぁっ」

「すごいな。こんなに濡らして――絡みついてきて」

「や、だっ、速すぎ……っ」

他の部屋にも、激しい寝台の軋みは聞こえているのではないか。この獣めいたいやらしい行為を他人に知られているのかもしれないと思うと、とても嫌なのに、同時にふしだらな快楽が突き上げてくる。

晶羽は無意識のうちに、両膝を立てて敷布を足の裏で押した。腰がわずかに浮き上がる。この体勢は炎爪が好むものだ。

炎爪の腰の動きが忙しなくなる。

晶羽は広い男の背を掻き毟った。

自分の狭く熟れた粘膜に性器を扱かれることに夢中になっている野卑《やひ》な男が、なぜか恋しいように思えて。

「ぁっ、炎爪、炎爪っ」

晶羽は腰をさらに宙に上げるかたちになり、身体を強張らせた。

頭のなかが真っ白に染め上げられ、茎の中枢《ちゅうすう》がヒクつく。濃い劣情が勢いよく溢れ出していた。

「っ、持っていかれる――くっ」

晶羽の震える奥底へと、炎爪もまた熱液を放つ。

ぐったりと折り重なったまま、ふたりとも呼吸はなかなか落ち着かなかった。炎爪がまだ繋がったままの場所をときおり軽く揺らすのに、晶羽はひくりと身を震わせる。

「いいか、晶羽」

満足げに目を眇めながら、炎爪は脅《おど》しを口にした。

「俺から逃げられると思うな。もし逃げたら、その時は本当に、この娼窟におまえを沈めてやるからな」

上海に連れてこられてから、三週間ほどが経った。季節は秋から冬へと移っていた。

炎爪の邸の広い庭も、冬枯れの色が日に日に濃くなっていく。

晶羽はその様子を、二階のバルコニーの欄干に肘を載せて眺めていた。

ここの庭も邸も、晶羽の生家より立派なぐらいだ。邸は西洋建築を下地にしつつ、欄間や扉などには龍や蔓草《つるくさ》が雅《みやび》やかに彫り込まれている。

使用人は五人いて、いずれも中國人だった。ただ母国語しか解さないうえに寡黙《かもく》な者たちだったから、晶羽はすっかり倦《う》んでしまっていた。

炎爪は、秘密結社だか海運業だかの仕事で多忙らしい。夜は同じ寝台で休み、大抵は晶羽の身体を貪ったが、たまに本当に疲れ果てたようにただ晶羽を抱き締めて眠ってしまうこともあった。

——これでは本当に、妾そのものだ。

自嘲《じちょう》していると、

「そんなに薄着では、風邪《かぜ》をひく」

微妙な抑揚の日本語が背後からかけられるのに、晶羽はびくっと振り返る。淋だった。

彼は無表情に、晶羽のシャツ一枚の肩にストールをふわりとかけた。

「ありがとう」

自然に呟いてから、淋に初めて礼を言ったことに気づく。

炎爪の腹心らしい淋に対してのみならず、邸の使用人たちに対しても、晶羽の心は揺れがちだった。

これまで使用人というものは、それが自分の家に仕《つか》えていようが、他家に仕えていようが、等しく、自分に不自由のないように動いてくれて当たり前のものだと、なんの疑いもなく思い込んで生きてきた。

しかし、ここに来てから、そういう自分に違和感を覚えるようになった。

それはたぶん、炎爪の使用人たちに対する態度を日々、目にしているせいだろう。炎爪は使用人に対して不遜なところもあるが、それは単に、彼が基本的に誰に対しても不遜であるからに過ぎない。かつての晶羽のように、使用人だから人間扱いしない、というのとは訳が違った。

もしかすると、自分の感覚はおかしいのかもしれない——自分を拉致してこんな異国の地まで連れ去り、女の真似事をさせる男のほうがまともだなどとは認めたくなかったが、晶羽は次第に自分の価値観に自信が持てなくなってきていた。

「あなたのために持ってきたのではない。だから、礼を言われる理由はないです」

ストールを持ってきてくれたことへの礼の言葉を、淋は受け取らなかった。

「風邪をひかれると、炎爪に感染《うつ》る。それが嫌なだけです」

「……」

晶羽は淋をじっと見た。

淋は晶羽より二歳年上なだけだが、落ち着いた印象を見る者に与える。落ち着きすぎていて、寂しげにすら見える。全体で見るとたいそう整った容貌なのだが、涼しい一重の目も、すっとした眉や鼻筋も、綺麗な膨らみのある唇も、個性というものに欠けている。そのせいか、彼の感情を読み取ることが、晶羽には困難だった。だから、直接的に訊いてみる。

「僕が嫌いか?」

「嫌いと思うほど、特別な感情もないですが」

淡々と淋は言う。

「炎爪が愛人を囲うのは、よくあること。なにも特別ではない。どうせ、いつものようにすぐ飽きる」

その言葉に、なぜか心臓がぐっと苦しくなった。

淋に尋ね返される。

「晶羽は、なぜ逃げない?」

「え?」

「見張りはついていない。閉じ込めていない。ここを出て行くのは簡単です」

晶羽は改めて自分の心を覗き込む。

もちろん、この生活を全面的に受け入れているわけではないし、このままでいいとは思っていない。

でも、危険を冒《おか》してまで邸を脱出して租界の日本人に助けを求める決意もつきかねた。

帝都に帰って、誰が炎爪に自分の処分を依頼したのかを知るのが、とても怖い。

……それに実際のところ、いまの生活が嫌でたまらないとは思えないのだ。あまり認めたくないことだけれども、初めは抵抗があった炎爪との性交にも、これまで堅《かた》く自制してきた分だけ溺れてしまっていた。

――ここだと楽な気持ちでいられるし……。

もうずっと長いこと、花登の邸では自室しか居場所がないと感じていた。

異母弟に負けるまいと、無駄に心を動かしたり、詰まらない見栄を張る必要もない。

悩まされていた孤独感も、炎爪に抱かれていると、なぜか和《やわ》らぐ。

こんなふうに楽に呼吸して素の自分でいられるのは、初めての体験だった。

そしてまた、炎爪から濃厚に香ってくる魔都の空気に心惹《こころひ》かれてもいる。炎爪の話してくれる上海にまつわる話は、子供のころに母が読み聞かせてくれた物語同様に、晶羽の心を躍《おど》らせた。

上海には大小雑多な力と欲が群がる。ほぼ単一民族の日本で生まれ育ち、また華族というわかりやすい階層社会の上部に身を置いてきた晶羽のような人間にとっては想像もつかないようなことが、ここでは罷《まか》り通るのだ。

イギリス・フランス・アメリカといった世界の列強、大小ある秘密結社、阿片密売の小悪党。それらが、ひとつの価値観を作り出すつもりもなく、四方八方から勝手に打ち寄せる波のごとく、相手を呑み込んでやろうと絶えずぶつかり合っている。

それは、晶羽のなかの「男」としての浪漫《ロマン》を刺激した。自分がそういう荒々しい事象に興味を持ち得ること自体、ひとつの発見であり、とても新鮮な感覚だった。

――炎爪のいる世界を、この目で見てみたい。

淋からの問いかけによって自分の気持ちをはっきりと自覚した晶羽は、その夜、機嫌《きげん》よく酔って寝台に上がってきた炎爪に持ちかけてみた。

「僕のことを、雇《やと》ってみないか?」

素直に外に一緒に行きたいとは言いがたく、考えた末の言葉だった。

「おまえを雇う?」

「これでも学習院では成績優秀だった。便利に使えばいい」

「……便利なんだか、足手纏いなんだかな」

炎爪は肘枕で横たわったまま、正座している晶羽の緋襦袢の裾を乱してきた――娼館での一件で炎爪は緋襦袢が気に入ったらしく、夜着はそれを強いられていた。晶羽としてはいかにも女扱いされているようで嫌だったのだけれども、拒否権はなかった。

「補佐だとか体《てい》のいいことを言って逃げ出す気じゃないだろうな?」

「いまだって監禁されてるわけじゃない。逃げるなら、とっくに逃げてる」

「それはそうか」

一応の納得はしてくれたようだが、炎爪は甘みのある声音で言ってきた。

「まぁ、俺と離れてるのが寂しいって言うんなら、連れ歩いてやってもいいけどな？」

寂しい、と言わせようとしているのがわかる。その感情にまったく心当たりがないなら口先だけで言えたかもしれないが、多少覚えがあるだけに、口が裂けても言えないと思う。

晶羽はくっと唇を噛んで、にやにやしている炎爪から視線を逸らした。

こんな意地の悪い悪党におもねろうとした自分が馬鹿だった。

「晶羽」

「もう、いい」

炎爪から身体を離して背を向け、布団にもぐろうとする。

「臍《へそ》を曲げるな」

手首を掴まれる。

「放せ」

「見返りをくれたら、おまえを補佐にしてやる」

「見返り？」

晶羽は上体を起こすと、背を向けたまま横目で男を見返る。

炎爪が肘で身体を支えるかたち、下から覗き込むようにしてきた。その強くて甘い目に、不覚にもどきりとさせられる。こんな激情を凝《こご》らせたみたいな瞳をした者は、これまで晶羽の周りにはいなかった。

瞳ばかりでなく、炎爪はすべてにおいて異質だ。

深い蒼色《あおいろ》に染められた絹の仕立て、膝丈の着物のような上衣とゆるい線のズボン型の下衣を纏った長軀《ちょうく》は、雄としての胆力と荒い魅力に溢れている。以前の自分なら、こういう男を粗野な蛮人だと歯牙《しが》にもかけなかっただろう。

けれど、そういう偏《かたよ》った狭い価値観は、炎爪によってかなり解体されていた。

そしていま、素の自分の目で見る炎爪は、とても美しい。

彼の髪と瞳は、どうしてこうまでつややかに黒いのだろう？　傲慢《ごうまん》な印象の、大きな造りの目鼻立ちが、とても好ましいものに感じられる。笑うと涙袋が浮いて、温かみを生む。あの肉厚の唇がどれほど心地よくやわらかなのかを思うと、胸がざわめく。

ほんの一瞬だけれども、自分から口接《くちづ》けをしてみたいなどと思ってしまって、晶羽は動揺した。

じっと顔を覗き込んでいた炎爪が吹き出した。

「なにをひとりで百面相してるんだ？」

「笑うな」

少し赤面しながら、早口で問う。

「それで、見返りって？」

「俺に接吻《せっぷん》しろ」

「……」

考えていたことを見透かされたのかと、どきりとする。

同時に、訝しく思う。接吻など毎日のように、すでに数えきれないほどしている。いまさら、それが見返りになるとは思えなかった。

「本当に、そんな簡単なことでいいのか？」

「ああ」

それで願いが叶うというのだから、迷うこともない。

晶羽は炎爪へと向き直り、ゆっくりと上体を伏せた。晶羽のやわらかな茶色の前髪が、炎爪の黒髪と絡むように触れ合う。

ふっと炎爪が睫を伏せた。ただそれだけなのに、なにかひどく無防備なような表情になる。晶羽は心臓がきゅっと痛む感覚に、思わず動きを止めた。

あと、ほんの少しの距離だ。

指一本分ほど顔を動かせば、唇が重なる。

「――――」

確かに数えきれないほどしている行為なのだけれども、考えてみれば晶羽からしたことは一度もなかった。

たかが接吻をすることが、こんなにも勇気のいるものだとは知らなかった。

自分を受け止めてもらえるかどうか……どうして、こんな行為を自分はしたがるのか。相手も本当に、この行為を望んでくれているのか。唇が熱く熱む。自分の上半身を支えている腕が、震えだす。

と、その震える腕が男の温かくて大きな手に摑まれた。そして。

「大丈夫だ」

睫を伏せたまま、炎爪が呟く。

……したくて、我慢できなくなった。

晶羽は気持ちに衝《つ》き動かされるまま、唇を男の唇にぶつけた。

嘘みたいにやわらかくて熱い唇を、唇で押し潰す。吸うことも擦りつけることもできなくて、ただただ強く重ねた。

頭の芯が揺らぐような甘ったるい痺れが、唇から全身へと散り拡がっていく——。

イギリス租界にあるその邸は、濃淡の煉瓦《れんが》を美しく積み上げた外壁をしていた。窓や屋内など細部にアーチ型を多用した造りで、暖炉《だんろ》周りには瀟洒な化粧タイルが組んである。窓のステンドグラスは正方形に細かく区切られ、淡い赤や青の色ガラスが品よく嵌め込まれている。

そして、その大仰《おおぎょう》すぎない邸に住む人は、目映《まばゆ》い金色の髪に、晴れた日の凪《な》いだ海のような青

い瞳をした、二十九歳のイギリス貴族だった。彼は名を、クリストファー・グレンという。

「はじめまして、晶羽」

英語で挨拶をした晶羽に、クリスはそう日本語で返してきた。日本の文化にたいへん興味を持っていて、もう何度も日本に足を運んでいるのだそうだ。

「船に乗れば、一日と少しで長崎に着きます。近いです」

喋りにくそうな日本語だが、それがむしろ彼の品のよさを際立たせる。

「お願いしたい荷物は、奥の広間です。どうぞ」

炎爪は英語も堪能《たんのう》だから母国語を使えばいいものを、クリスは日本語で晶羽と会話をできるのが嬉しい様子だ。

商談があるからと晶羽は炎爪に連れられてここを訪れたのだが、クリスの世間ずれしていない人柄に不安を覚え、思わず小声で炎爪に訊《たず》ねた。

「この人を騙して金蔓《かねづる》にしているのか？」

「おまえのなかで、俺はどれだけ悪人なんだ」

「金のために僕の処分を引き受けたのだから、悪人だろう？」

「……」

炎爪が微妙な表情を浮かべた。

招《しょう》じ入れられた広間には、家具から小物まで東洋の品物がずらりと並べられていた。

「これらは日本の商人から買い入れたものや、中國貴族の邸で使われていたものです。質のほうはいかがでしょう？」

クリスに訊ねられて、炎爪は二十ほどの家具をひとつひとつ検分していく。木材本来の美しさを生かして装飾を抑えた明朝《みんちょう》家具もあれば、貝殻や宝玉をふんだんに埋め込まれた瀟洒な清朝家具まで、さまざまだ——亡き母が中國の家具や小物に凝っていたから、晶羽も多少の知識は持っていた。

炎爪の仕事は、所有する五艘《そう》の船舶《せんぱく》を使っての物品の輸出入だ。上海で需要の高い商品を見極めて買い付けすることもあれば、大規模な取引先の運搬業務をおこなうこともある。そのついでに、こういう個人規模の荷運びも手がけているのだ。

クリスは東洋趣味が高じて、厳選した家具や陶器、絵画などをイギリスの知人の店に定期的に送っているらしい。

「この圏椅《クワンイ》と厨子の彫りは、特にいい。それと、この一式は特に見事じゃないか」

肘掛けから背凭れがまろやかな曲線で結ばれている瀟洒な椅子と、明朝作りの物入れを示したあと、炎爪は漆塗《うるしぬ》りの櫛《くし》や螺鈿細工《らでんざいく》の箱とともに机のうえに並べられていた装飾品を手に取った。揃いの、指輪と腕輪と首飾りだ。

「それは長崎の大村湾で採れた特別な真珠——華珠で作られたものだそうです」

炎爪はとっくりと三品を眺める。よほど気に入ったらしい。

「この三点、俺に売ってくれ」

「後悔したくなるような値段ですよ？」

「構わない。言い値を出そう。晶羽、首元を緩めてみろ」

「……え？」

「早くしろ」

急《せ》かされて、晶羽は言われたとおりネクタイを大きく緩めて、シャツの釦を三つ外した。

炎爪の手が晶羽の首へと伸ばされる。項で金具が留められる。

「やっぱりな。おまえの肌の一部みたいに、よく馴染む」

首には華珠の綴《つづ》りがかけられていた。

「首飾りはおまえにやろう」

「そういうものは女性に……大切な恋人に贈るものです」

クリスが微苦笑を浮かべるのに、炎爪は唇に笑みを乗せた。

「これは俺の妾だ。女みたいなものだ」

「とても綺麗な子ですが、彼は男性でしょう？」

「要するに、俺の衆道の相手だ。わかるだろう、衆道」

クリスは本心から驚いたように、瞬きをした。

「君とはもう二年ほどの付き合いになりますが、衆道を好むとは知りませんでした」

「別に特に衆道好みってわけでもないがな。飽きたら娼館に売り払うつもりだ。なんなら、その前にクリスも一度、試してみるか。かなりいい使い心地だぞ?」

炎爪が酷いことを言う。

言いながら、ぐいと晶羽の背を押して、クリスの前に立たせる。

人前で妾呼ばわりされ、使い心地などを評されて、むっつりした晶羽の耳は真っ赤になっていた。

そっと髪を撫でられる感触が起こる。クリスの繊細で長い指だ。その優しさに目を上げると、クリスがゆっくりと顔を伏せてきた。金色の長い睫がすぐ目の前でひらめく。

――接吻される……っ。

が、次の瞬間、晶羽の唇を塞いだものは大きな掌だった。クリスは唇で笑うと、炎爪の手の甲に唇をつけたようだった。

チュッ…と軽い音がして、クリスは顔を上げる。

「他の人間に触られたくないなら、晶羽をあまり虐めないほうがいいと思います」

その諫言《かんげん》に、炎爪は軽く舌打ちを返した。

炎爪は昼も夜も、晶羽に新たな世界を与えつづけた。

めまぐるしくて、倦んでいる暇などない。どこにも空虚な穴のない生活。眠りが、どれだけ人間が生きていくのに欠かせないものなのかを、晶羽は二十歳にして初めて知った。一分でも多く深く眠って、食事をしっかり摂る。そうしないと、炎爪にはとても着いていけない。

日本にいたころは、華族らしく常に優雅で高慢に振る舞い、人より一段上にいなければならないという強迫観念に知らぬうちに縛りつけられていた。あるいは、そういう締めつけこそが、晶羽を痼性にしていたのかもしれない。

気が付けば、たとえ相手が使用人だったとしても、無闇に八つ当たりすることがなくなっていた。

そうやって晶羽が変化していくにつれて、炎爪は晶羽のことを、嬲《なぶ》り者としてではなく、ひとりの人間として扱ってくれるようになっていった。


「到着しました」

運転席の淋が告げてくる。晶羽は炎爪と淋とともに自動車を降りた。そこは埠頭《ふとう》で、繋留《けいりゅう》された大小の船がずらりと並んでいた。

今日は、炎爪の船がイギリスに向けて出航する日だ。クリスから依頼された家具類も傷がつかないように厳重に梱包されて、船に運び込まれた。

埠頭は怒声と活気に満ちていた。

いかにも貧しい身なりをした少年たちが、背広姿の小太りの男に罵られたり蹴られたりしながら、荷降ろしをしている。その野蛮な様子に晶羽が思わず顔をしかめると、

「俺も昔は、あのうちの一人だったんだ」

炎爪が言った。

「荷運びをしていたのか？」

「ああ。俺は四歳のとき両親を亡くしてから、日銭を稼いで、生き延びてきたんだ。食べ物にありつける日は幸せだった。貧民窟の小屋の隅に丸くなって寝ながら、温かい布団や皿いっぱいの料理を思い浮かべてたっけな……まぁ、ここではそんなのは珍しいことじゃない。今日を生きなきゃ、明日は来ない。それだけのことだ」

四歳のころの自分は、なにをしていただろう？

食が細いと周りを困らせ、乳母《うば》に面倒を見てもらい、夜にはときどき母親の読み聞かせを聞きながら温かくて清潔な褥で眠りに就いていた。生きる、ということになんの代償も払わずに過ごしていた。

「……僕には想像できない」

なにか申し訳ないような気持ちになりながら呟く。

「おまえは、俺が夢見てたお伽噺《とぎばなし》のなかで育ったんだな」

晶羽を見下ろして、炎爪が目を細める。海からの反射光が眩しいのだろうか。

「でも、僕はそれを恵まれているとも、ありがたいとも思ったことがなかった」

炎爪は自分が知らない、想像もできないような辛酸《しんさん》を舐め、難事を乗り越えて、生きてきたのだ。そうやって命がけで緩みなく生きてきたから、彼はこんなにも精悍で美しいのだろうか……。

ふっと炎爪が笑った。温かな笑みだ。

「おまえが、俺みたいな苦労をしなくてすんで、よかった」

「……」

心臓が張り詰め、身体が内側からじんわりと熱くなる。この感覚を言葉に変換したかったのだけれども、なにを言えばいいのかわからない。もどかしく唇を噛み締める。

と、背後から淋が声をかけてきた。

「船が出ます」

炎爪が晶羽から視線を外して、顎を上げる。午後の輝かしい陽射しに照らし出される、力強い男の横顔。それをずっと見ていたいと晶羽は思ってしまう。

駄目だろうか？　それは望めないことなのだろうか？

『飽きたら娼館に売り払うつもりだ』

炎爪はクリスにそう言った。考えたくないけれども、充分にあり得ることだ。

――それなら、せめて……。

心臓がツクリと痛んで、晶羽はくっと目を閉じる。

――せめて、飽きられるまでのあいだでいいから、それまでできるだけ炎爪の傍にいたい。

炎爪以外の人間に身体を開くつもりはない。娼館に売られたら、なにをしてでも逃げ出す。

でも、そのぎりぎりの刻《とき》が来るまでは………晶羽は心を定めると目を開いた。

炎爪とともに船が埠頭を離れ、遥かな地を目指して遠ざかっていくさまを見送る。風が心地よくて、このまま悠久に繋がっていきそうな、ゆったりした時間だった。

「行くぞ」

炎爪にぽんと背中を叩かれ、車へと促《うなが》される。

「是《シー》」

発音がおかしかったのだろうか？　晶羽が初めて口にした「はい」を意味する中國語に、炎爪は妙な顔をした。そして、笑いだす。

「そんなに笑わなくてもいいだろうっ」

「ああ、悪い」

悪いと言いながらも、炎爪はまだ笑い顔だ。

「どうせなら『ウォー・アイ・ニー』と言ってみろ」

「ウォー……？」

けれど、それを最後までなぞることはできなかった。先に車へと向かっていた淋が、彼には珍しく荒い声をたてたのだ。そちらへと目を向けた炎爪は舌打ちすると走りだした。晶羽も慌ててあとを追う。

車の横に、ふたりの長袍《チャンパオ》姿の男が立っていた。ひとりの男が早口でなにか言いながら淋の肩を突き飛ばそうとする。淋は上半身の動きだけでそれをかわして、逆に男の腕を摑んだ。なにか筋かツボを押さえたものか、男の顔はとたんに苦悶の表情を浮かべる。

もうひとりの男のほうが、炎爪に向かって詰問《きつもん》口調で詰め寄った。すべて中國語のやり取りだったが、しきりに埠頭に並ぶ船のほうを指差しているから、どうやら船関係での衝突らしいことだけはわかった。

炎爪は傲岸《ごうがん》な態度、いかにも面倒臭そうに数言返すだけだ。それに苛立ったらしい。男はふいに懐に手を突っ込むと、なにかを握り出した。

陽光を浴びて、それがぎらりと光る。刃物だった。

「炎爪！」

晶羽は思わず大声を上げて、駆け寄ろうとした。

「来るな、晶羽！　大丈夫だ」

炎爪が振り返らずに、そう強く命じる。

淋の動きは素早かった。捕えていたほうの男の項に手刀を叩き込んで失神させると、刃物を振りかざす男の鳩尾《みぞおち》へと回し蹴りを決める。軽い動きのように見えたのに、男の身体は後ろへと飛んだ。男の手から刃物が離れ、コンクリートの地面へと落ちる。それを拾おうと伸ばされた淋の手はしかし、次の瞬間、優雅な仕種で伸ばされた別の男の手に搦め捕られた。

炎爪が激しい舌打ちをする。

晶羽は新たに現れた男に目を奪われつつ、炎爪の傍に行く。

「……炎爪、あの人は？」

「うちの結社と対立してる千翼幇《チェンイーバン》の幹部、耿英冥《ガン・インミン》だ。巷《ちまた》では『白の魔人』と呼ばれてる」

耿英冥は三十代前半といったところか。左肩にかけられている緩く編まれた銀灰色《ぎんかいしょく》の髪と、艶《あで》やかな美貌、白い長袍が衝撃的なまでに印象深い男だった。

英冥は淋の右腕をいまにも折れそうな角度に捻り上げていた。淋が呻き声を漏らす。機嫌よさげに細めた目で、英冥は晶羽を見た。

「日本人の稚児《ちご》を手に入れたとは聞いていましたが、なるほど噂どおりに可愛らしい」

愚弄《ぐろう》を晶羽に聞かせるためか、それは日本語だった。炎爪と同じぐらい流暢だ。

「耿、淋を放せっ」

恫喝の低音で炎爪が言うのに、英冥は唄うように返す。

「淋は相変わらず、いい腕をしていますね。君には勿体《もったい》ない」

声音はまろやかなのに、裏腹、淋の腕がさらに捻られる。

「っ……うっ」

淋がゆるく首を横に振って喘ぐ。その苦痛に震える様子を、英冥は口角を綺麗に上げて観賞する。

「耿っ！」

「動かないでください。一生使い物にならないように、神経を捻じ切りますよ？」

「ぁ、ああっ、あ……っん、っ……っ」

淋は溢れてしまう苦痛に染まった声を、必死に嚙み殺そうとする。

炎爪の身体から怒気が噴き出すのを、晶羽は肌に感じる圧で知る。英冥の鮮やかに二重の入った目が炎爪へと転じられる。

「先日から申し上げているとおり、この埠頭の利権は我が千翼幇が一括《いっかつ》して取り仕切りたいのです」

「勝手を抜かすな」

唸るように言う炎爪の背後で人影が動くのに、晶羽はハッとする。しかし晶羽が注意を促すまでもなかった。炎爪は振り返りざま、英冥の手下らしき男の喉をガッと摑んだ。どうっと男の身体が背から地に落ちる。

それとほぼ同時に、淋が左腕で英冥に反撃を加えようとする。英冥は淋を解放すると、なめらかな身のこなしで拳を避けた。

誰が呼んだものか、警察官が人だかりを抜けてくる。

「淋、行くぞ！」

炎爪は晶羽の肩を抱いて足早に歩きながら、淋に声をかけた。

「仕方ありませんね。また近いうちに決着をつけましょう」

背にかけられる英冥の声には、まるで遊戯を愉しんでいるかのような色があった。

晶羽は、本格的に中國語を学びはじめた。

中國語は文法的には、日本語より英語に近い。そして漢字だから、字で見る分には内容の見当がつきやすい。

読み書きのほうは早急になんとかできそうだったが、喋りと聞き取りは、非常に厄介《やっかい》だった。抑揚のつけ方が四種類あって、同じ音でも抑揚ひとつで意味が違ってしまうのだ。たとえば、同じ「マー」でも、高音で平たく発音すれば「母」の意味になり、途中で激しく音を下げれば「罵る」という意味になる。

炎爪は晶羽が中國語を習得しようとしているのを、好意的に受け止めてくれているようだった。夜の性交を控えて、晶羽の勉強に付き合ってくれたりもした。

ふたりで寝台のうえで向かい合って横になり、同じ言葉を口にする。晶羽の発音が少しでもおかしいと、炎爪は抑揚を大袈裟《おおげさ》にして発音しなおしてくれるから、晶羽はすぐに自分の間違いに気づくことができた。

それはなんだか、胸の内側がくすぐったくなるような、甘やかな時間でもあった。

とても丁寧に身体を愛撫されているときに感じるふわりと宙を漂う感覚が、幾度となく訪れる。もしかすると、炎爪も同じように感じてくれていたのかもしれない。数えきれないほどの言葉を喋り、口が疲れ果てて眠りに落ちるとき、炎爪は必ず、とても優しい抱擁《ほうよう》をくれた。

そんなとき、晶羽は思わず「ウォー・アイ・ニー」と言いたい衝動に駆られる。

我愛你。

その言葉の意味を、もう晶羽は知っている。

知っているからこそ、言いたくなるのだ。

……晶羽は、炎爪に恋をしていた。

恋情を自覚してから晶羽のなかで、帝都に、元の生活に戻りたいという気持ちは、消えてしまった。

大概の華族の家庭がそうであるように、嬰児《みどりご》のころから乳母によって育てられたこともあり、もともと血縁の情というものが希薄《きはく》だ。そんな晶羽にとって、炎爪との関係はこれまで味わったことのない、息苦しくなるほどの濃密さだった。

人との絆《きずな》とは、こういう毎日の、時間を共有することや、口喧嘩《くちげんか》をすることや、他愛もないことで笑うことや、閨《ねや》を共にすることの積み重ねによって、作られていくものなのかもしれない。

一本一本はか細い糸でも、束《たば》ねて縒れば、断ち切るのが難しい頑丈《がんじょう》な紐となるように。


「今日は一日、家にいろ」

朝食の席、バターがふんだんに練り込まれたふっくらしたパンを頬張っていた晶羽は、炎爪からそう告げられて眉を顰《ひそ》めた。口のなかのものを飲み込んで、不満声で訊ねる。

「また千翼幇ともめてるのか？」

埠頭に限らず、さまざまな利権——要は、高額の使用料や用心棒《ようじんぼう》代を人々から取るのだ——を巡って、ここ半月ほど小競《こぜ》り合いが激化していた。それで危険だからと、昨日もおとといも、晶羽は家に残されたのだ。

「ああ。だから大人しくしてろ」

「僕も行く」

食い下がると、炎爪は乱暴に西洋茶碗を受け皿に置いた。なかの珈琲《コーヒー》が天板にかけられた白い布に散って染みを作る。

「足手纏いになると、言われないとわからないのかっ」

「……」

いつになく、炎爪はピリピリしているようだった。

自分が我《わ》が儘《まま》を言っているのは承知している。けれども、炎爪の世界をもっと共有して、絆を深めたい……そうして、安心したいのだ。

一緒にいない時間、どうしても不安が増殖する。

炎爪が怪我をしていないか。

こんな役に立たない自分では、明日にでも飽きたと棄てられるのではないか。

それらの思いに囚われて、いてもたってもいられない気持ちになるのだ。

けれど、この手の不安を可愛げのあるかたちで表現することも、一時的に感情を逃がすすべも、晶羽は知らない。歯痒《はがゆ》さのあまり、最近はしていなかった、高圧的な、相手を蔑むような口調でつい詰ってしまう。

「秘密結社は凶悪な犯罪者集団だと、日本でも有名だ。炎爪は千翼幇や耿英冥のことを悪魔呼ばわりするけど、自分だって似たようなものだろう」

「……」

正面から見据えてくる双眸が黒の濃度を増す。

「俺の言うことをきけないなら、娼館に売り払うぞ」

ぞっとするほど低い声で脅される。

いけないと思ったけれども、生来の勝ち気が働いて、口が動いてしまっていた。

「娼館にでもなんでも、売ればいいだろう」

溜め息をつく。控えめに扉が叩かれる音に、晶羽は目を上げた。

「どうぞ」

起き上がると、寝台がぎしりと啼く。

南京錠《なんきんじょう》が開けられる音がして、扉が開いた。

「温かい飲み物、持ってきました。寒くないですか?」

緋色の長襦袢のうえに半纏《はんてん》を羽織った少年が入ってくる。一ヶ月半前、炎爪に謀られて、ここに拉致されたときに顔を合わせた子だ。

「君は、ミズキといったっけ?」

「あ、はい」

覚えられていたことに吃驚《びっくり》したように、少年は大きな目で瞬きをした。

「あの、晶羽様が退屈してるといけないから、西洋将棋《チェス》のお相手でもさせてもらいなさいって、お母さんが。チェス、お好きですか?」

「ああ、うん。得意だ」

お母さん、とはここの女主のことだ。

そう。晶羽は今朝、口喧嘩の果てに、炎爪によって男娼館に連れてこられたのだった。本当に売るつもりなのかと暴れたものの、炎爪は「今日一日こいつを預かって、娼館がどういうところか見学させてやってくれ」と女主に告げて去っていった。それで、こうして前回と同じ部屋に閉じ込められているというわけだ。

客が来るのは夕方かららしくて、楼閣《ろうかく》は静かなものだった。

寝台のうえに、白黒交互に塗りつぶされた縦横八マスずつの正方形の盤を広げると、ミズキは寝台の端にちょこんと腰掛けて、チェスの馬だとか王冠だとかのかたちをした駒を端のほうに並べはじめる。

晶羽は改めてミズキを眺めた。

こんな場所で身をひさいでいるわりには、爛《ただ》れた感じのない子だ。

「ミズキって、どういう字なんだ?」

晶羽側の白い駒を並べ終えると、少年はちょいちょいと自分の側に黒い駒を並べていく。

「水に祈るって書くんです」

「水に祈る……」

「なんだか勿体ない名前なんですけど。父さんと母さんが残してくれたものだから」と、水祈は伏せた目許をちょっと赤らめる。

「お父さんとお母さんは？」

「漢口《ハンコウ》にいます」

漢口は大陸のずっと内側に位置し、そこには日本租界がある。

「君を――置いてか？」

売ってか？　という言葉をすんでのところで呑んだ。それに気づいたのだろう。水祈は小さな歩兵の駒を指で遊びながら言う。

「二年前、僕が十四のときに漢口でいい商売の話があって、それでむこうに行って一旗揚《あ》げるのにお金が入り用になったんです。小さい妹と弟もいたから、僕がここに残ることになって……お金ができたら、すぐに迎えにきてくれるって」

それはどこか自分に言い聞かせるような声音だった。

二年前に十四歳ということは、いまは十六歳なのだろうが、こんな仕事に従事しているせいか、栄養が足りていないせいか、水祈は年よりもだいぶ幼く見える。指も小枝のようだ。

「ここでの生活、つらいだろう？」

「つらい……つらいのかな？　僕は鈍いみたいだから、他の人ほどはつらくないのかも」

自分のことなのに、よくわからないように小首を傾げる。

「つらくないわけがない。こんな――」

晶羽は少し苛つきを覚えて、思わず少年の肩を摑んだ。そして、その薄さにぎょっとする。綿の入った半纏を通しても、少年の骨の感触が知れたのだ。

「わかったら、いけないことってあると思うんです」

少年の黒目がちな目が晶羽を見上げた。

ガラス玉みたいな目だ。

「つらいってわかったら、本当に、つらくなっちゃうから。そうしたら、僕もきっと阿片を欲しくなるんだと思う」

「阿片？」

水祈はこくりと頷いて、窓のむこうの空を見やる。

「上海の雲は阿片でできてるんです。ここでの生活は大変で、みんな楽になりたいから」

「……」

「でも阿片に逃げたら、家族が迎えにきてくれたとき、一緒に帰れなくなる」

水祈は上海で生まれ、他の土地を知らないという。日本にも行ったことがなくて、帝都の様子を話して聞かせると、目を輝かせて聞き入る。水祈も上海のいろんな話を聞かせてくれた。そうやってチェスはそっちのけで、時間を忘れてお喋りに興じているうちに、窓の外が赤らんでいく。黄砂《こうさ》が空を覆うこの国の夕焼けは、血を流したように紅くなることがある。今日の夕空も、そんな色だった。

下の階から、三味線の清掻《すががき》が響きだす。

「もう仕事の時間だから、行かないと…」

水祈は名残惜《なごりお》しそうにしながら、寝台から腰を上げた。

仕事。その言葉に晶羽は夢から覚めた気持ちになる。いまさっきまで無邪気《むじゃき》に話をしていたこの子が、これから男たちの慰み者になる。自分が炎爪とだけしている行為を、幾人もの男たちとするのだ。

ここで目隠しをされて相手が炎爪だとわからずに身体を繋がされたときに覚えた絶望感が、ふいにありありと甦ってきた。晶羽は咄嗟に立ち上がって、水祈の手首を握った。骨まで細いらしい華奢な手首だ。

「今晩は仕事をしなくてもいいんじゃないか……そうだ。退屈だからずっと君をここにいさせてくれと、僕が女将《おかみ》に頼むから」

「無理ですよ。今晩はお馴染みさんが来るんです」

「でも……」

「これが僕の仕事だから。なにも気にしないでください」

やんわりと晶羽の手を退けると、水祈は部屋を出て行った。南京錠が締められる音が妙に冷たく硬く聞こえた。

気鬱になりながら、晶羽はひとりでチェスをやった。黒の駒と白の駒を交互に動かしていく。自分に何度も勝って、それと同じ数、自分に負ける。

と、突然、扉が開かれた。入ってきたのは、この東洋茶楼の女主だった。彼女は入ってくるなり、床に置かれた行灯を消した。窓から零れてくる街の灯りがわずかな光源として、闇に取り残される。

「なにを……」

「炎爪の旦那に見せてやれと言われたからね。静かにおし」

安っぽい脂粉の匂いが鼻腔をくすぐる。二の腕を摑まれて、寝台から立たされた。

女主は晶羽を壁際に連れていき、床に座らせた。彼女は自分も膝をついて、壁の一箇所に手をやった。そこには小さな窓のような枠があって、格子が二枚嵌められている。手前の格子を横にずらすと、二枚の格子が重なって、壁のむこうが隙間から見える仕組みだ。

隣の部屋は、この部屋と似たような大きさと造りだった。

むこうの部屋は行灯がついたままで、和紙越しの光がぼわりと部屋を照らしている。

寝台には、ふたつの人影があった。

片方は真っ白いシャツに仕立てのいいベストとズボンを身に着けた西洋人だ。そして、もう片方は薄い身体に緋襦袢を纏った少年……。

「水祈？」

思わず呟くと、女主はしぃっと晶羽の唇に人差し指を当てた。

ギシリと寝台が啼いたかと思うと、西洋人は水祈を緋絹の寝具へと押し倒した。水祈はまったく抵抗しなかった。襦袢の裾が荒っぽく割られて、痛々しいほど白くてほっそりした脚が剝き出しになる。客の男の暗い金色をした頭が、水祈の下腹へと落ちる。

少年の白い手が、わずかにぴくりと動いた。

「水祈はどうにも『鈍い』妓だけど、それが人形みたいで可愛らしいって、けっこうな人気なんだよ」

女主の声がねっとりと耳腔《じくう》に流れ込んでくる。

客の男は性急だった。少しだけ水祈の子供のような陰茎を舐めまわすと、すぐに彼の脚を開かせた。そして自身のひどく大きな性器に油を塗り、ほぐしもしていないだろう場所におのれを嵌めたのだった。

水祈が、うぅ……と細い呻きを漏らす。

それは晶羽が炎爪としてきたことと、同じだけれども、まったく違っていた。水祈は本当にただの人形として扱われ、そこには気遣いも愛情も、欠片もなかった。

男に貪られながら、水祈はことりと顔を晶羽のほうへと曲げた。

うつろな、ガラス玉の目。

『わかったら、いけないことってあると思うんです』

いまの水祈は、自分の身に起こっていることを頑なにわかるまいとしているように、晶羽には感じられた。そうやって、なんとか壊れまいとしている。

いつ迎えに来るとも知れない——いや、おそらくは永遠に迎えに来ることのない、子供を売った親を待って。

知らぬうちに、晶羽の頰は涙で濡れていた。

同情とか、そんなわかりやすい感情ではない。どうして、ただ生きていくことがこうまでままならないのか。誰かを詰ることもできず、心臓が痛みに潰されそうになる。

堪えきれなくて、かすかに嗚咽を漏らしてしまった。

と、ずっと瞬きのひとつもしなかった水祈の目が、揺らいだ。そして、晶羽のいる格子のほうに視線を滑らせる。視線が合ったように思う。

まるで「平気だから」と伝えたいように、水祈は微笑んだ。

けれども、それは晶羽の目には、底の知れない諦めの表情にしか見えなかった。


「どうして、こんなに目を腫らしてるんだ？　おい、女将、晶羽になにをしたっ」

女楼主とともに部屋に入ってきた炎爪は、目の縁をぷくりと紅く腫らしている晶羽を見て、声を荒げた。

「なにって、旦那さんの仰るとおりに、ちょっと仕事してるところを見せてさしあげただけですよ」

「それだけで、どうして泣く必要がある？」

「そんなのご本人に訊いてくださいな」

炎爪は舌打ちすると、晶羽を力ずくで立たせて、楼閣から連れ出した。

淋の運転する車の後部座席、炎爪は厳しい口調で晶羽を問い質してきた。

「それで？　なにがあったっていうんだ」

どう説明すればいいのか、わからない。

晶羽の涙腺をおかしくさせたのは、水祈が「仕事」をしているところを見てしまったのが切っ掛けではあったが、それだけではなかったからだ。

自分がこれまで、いかに狭くて偏った世界で、傲慢に生きてきたかを思い知らされた。恵まれない人を見ても、あたかもそれがその人の罪であるかのように冷めた目を向けるばかりだった。

炎爪に初めて会ったときも、そうだった。

母を堕落させた男と同じ中國人であるというだけの理由で、彼を蔑んだ。助けてもらった恩義すら感じずに警察官に引き渡したのだ。

異母弟や継母に対しても、格下の者に対する態度で接していた。

それは華族として生まれつき、植えつけられてきた価値基準からすれば、大して外れたことではない。

けれど周りがそうだったからといって、疑問のひとつも抱かない人間は、ただの愚者《ぐしゃ》だ。

人の痛みを思いやることのない人間は畜生《ちくしょう》であり、世間に対する無知は恥ずべきことだ。

そんな明解なことを、自分は異国の地の娼館まで来なければ、わからなかったのだ。

――僕は、どれだけ愚かなんだっ。

あまりに情けなくて、それで涙が止まらなくなったのだ。

「晶羽？」

覗き込んでくる炎爪に、晶羽は謝った。

「……悪かった」

「え？」

「警察官に、引き渡したりして、悪かった。炎爪は、僕を助けてくれたのに――」

なんのことを言われているのか、炎爪はすぐにはわからないようだった。軽く眉間に皺を寄せる。そして、ひとつ瞬きをした。

「ああ、あの時のことか」

彼の顔に、わずかに苦みのある表情が波紋のように拡がるのに、晶羽の胸は軋む。

幼いころから生きるか死ぬかの線上を歩いてきた彼のことを、安穏《あんのん》と育った自分が悪し様に扱う権利などあるはずがなかったのに。

「……炎爪、僕は」

「もういい」

炎爪は表情を和らげると、晶羽の頭に手を載せた。

「おまえに謝ってもらえる日が来るとはな」

晶羽の髪を撫でながら言う。

「俺も――本当に、悪かったな」

もっとお互い早くに言うべきだった言葉を、ようやっと口にできたのだ。胸がひどく温かくなって、肩からすうっと力が抜ける。

その晩、晶羽は初めて自分から炎爪を求めた。いやらしいことをするというよりも、手指と唇で互いの身体を辿り合う、絆を確かめるような性交だった。数えきれないほど唇を重ねて、心も身体も炎爪をたっぷりと含んで、満たされた。

性交の昂ぶりが静かに去っていったあと、晶羽は全裸で腕枕をされたまま物思いに沈んだ。考えていたのは、水祈のことだった。とても十六歳の少年が浮かべるものとは思えない、諦念《ていねん》に染まりきった寂しい微笑が目に焼きついている。

「どうした、晶羽?」

甘やかしてくれる低い声。

晶羽は情欲の名残に眦《まなじり》を染めたまま、間近にある精悍な男の顔を見る。

「……なにか、できないかと思って」

ふと、白柳公爵家で催されるサロンでの、同年代の者たちの会話が思い出された。娼妓を遊郭から足抜けさせるのをなんと言ったか。たしか——

「水祈を、身請《みうけ》けできたらいいのに」

「身請け？」

炎爪の表情が剣呑となる。

「おまえ、まさかあの男娼に手を出したのか？」

「違う！　僕がそんなことをするわけないだろう」

「それなら、なんで身請けする必要がある？」

「それは——とても苦労してきた子だから。気立てもいいみたいだし……」

炎爪が少し意地の悪い顔をした。

「身請けして、俺の伽《とぎ》でもさせるか？」

「えっ？」

「水祈は、あの妓楼ではかなりの売れっ子らしいから、おまえよりも床上手なのは間違いないか」

炎爪が水祈を愛撫するところを想像してしまって、晶羽は胸に激しい疼痛を覚えた。

「み、水祈と、したいのか？」

声がぎこちなく強張ってしまう。

「してもいいのか？」

「…………嫌だ」

意地を張れなくて、小声で、けれどもきっぱりと言う。

炎爪が笑った。笑って、唇を重ね、吸ってくる。それだけで晶羽の頭のなかは靄が立ち込めたようになる。わざと大きな音をたてて、炎爪は唇を離した。

「なぁ、晶羽」

簡単に焦点を合わなくさせられた目で、晶羽は男を見る。

「おまえに給金をやるから、それを貯めて、おまえが水祈を身請けしろ」

「……僕が？」

「どうせ男の子供だから、はした金で売られたんだろう。吹っ掛けられたところで、半年も俺の下で働けば、足りるはずだ」

――僕が働いて得た金で、水祈をあそこから出すことができる……それに……。

「半年は僕を雇うってことか？」

「ああ」

晶羽の心はパァッと明るくなる。

それは水祈のためであり、同時に自分のためでもあった。

炎爪と少しずつ関係ができていっていると感じてはいたものの、それでもいつ飽きたと手放されるか、心の隅にいつも不安を飼っていたのだ。

けれど炎爪はいま確かに、半年雇う、と約束してくれた。

犯罪者集団の人間なのにおかしな話だが、炎爪は約束したことは必ず守る。できない約束は、初めからしない。だから。

――あと半年は、炎爪と一緒にいられるんだ。

項や頬にむず痒いほどのぬくもりが拡がっていく。晶羽は心が求めるままに炎爪に身を寄せた。そして、呟く。

「ありがとう、炎爪」

目的を持って働く。それは、とても新鮮で充実した感覚だった。

炎爪は秘密結社絡みの仕事のときは滅多に晶羽を連れ歩かなかったけれども、海運業の事務所のほうではいつも人手が足りず、書類の作成や整理などいくらでもするべきことはあった。

そして、その合間をぬって、週に一度は男娼館の水祈を訪ねた。

身請けしたいという話を持ちかけたとき、水祈は少し哀しそうな顔をして、緋襦袢を脱ごうとした。晶羽が身体を欲しがっていると勘違いしたのだ。淡い黄の絞り帯をほどこうとする手を慌てて止めさせた。

「……でも、身請けしてもらう理由なんて、ないです」

困り果てた顔で水祈は俯いた。

確かに、馴染みの客でもなく、一度も肌を重ねたことがない人間が身請けするなど、あまりないことだろう。

「説明するのは難しいけど、僕は君に会えてよかった……君のお陰で、ようやくいろんなことがわかるようになったんだ。だから、要するに君は僕の恩人なんだ」

やっぱりよくわからないと、水祈は困った顔をした。

それでも何度も通って、チェス盤を挟んでいろんな話をしていくうちに、水祈も晶羽が本気で身請けを考えているらしいとわかってくれたようだった。

毎回、夕刻になって、仕事をするために部屋を出て行く水祈の儚《はかな》げな後ろ姿を見送るとき、晶羽の胸は潰れそうに痛んだ。

痛みの分だけ、明日はもっともっと仕事に励んで、炎爪が給金を上げてくれるようにしようと気持ちを新たにするのだった。

そうやって日々の実務に臨《のぞ》むうちに、中國語も次第に操れるようになっていった……とはいっても、もちろんそれだけの努力をしている。慣れない環境と言語に囲まれて、心身ともに疲れ果てる毎日、炎爪との夜のおこないの最中に眠ってしまうことすらあった。そんな時、炎爪はそのまま晶羽を眠らせておいてくれた。

当たり前のように、炎爪の腕のなかで朝を迎える日々。

帝都にいたころとは比べものにならないぐらいめまぐるしく過ごしているのに、不思議と慌ただしいとは感じない。

こんなふうに朝の光のなか、まだ眠っている炎爪の顔を眺めていると、とても穏やかな気分に満たされる。

そろりと手を伸ばして、漆黒の髪を撫でてみる。ぎこちなく、何度も撫でる。すると、指先から、かすかな痺れが体内へと拡がった。懐かしいみたいな温かい痺れだ。

——そういえば、こんなふうに母様が頭を撫でてくれたことがあったっけ。読み聞かせをしてくれながら。

夫の不実に悩んでいた美しい母。彼女は息子である自分の髪を撫でるとき、こんな幸せを少しでも感じてくれていたのだろうか？　そうであったら、どんなにいいだろう。

……子供のころ温かな褥で覚えていた安心感を、自分は炎爪に少しでも分けることができているだろうか？

大陸の魔都に命を受けた炎爪と、日本の帝都に命を受けた自分が、いまこうして同じ時間のなか、同じ褥で横たわっているのは、どれほどの奇縁か——どれほどの奇蹟《きせき》か。

胸が詰まったようになって。

「我愛你」

唇が勝手に動いた。

声にならないぐらいの、口のなかで溶ける小さな呟き。その溶けた言葉が肌を火照らせた。どうしてこういう気持ちになると、泣きたいみたいになるのだろう。どこが痛いわけでも哀しいわけでもないのに、目の際に涙が溜まるから、困ってしまう。

この気持ちを、炎爪に伝えられる日は来るのだろうか？

縁が断ち切れてしまう前に。たとえ炎爪が受け入れてくれなくても、一度でいいから伝えたい。

……その勇気が、欲しい。

視界が水の膜で歪むから、晶羽は炎爪の頭を撫でていた手を引っ込めて、寝返りを打った。早朝の透明な陽光を濾過するカーテンの生地、丹念にほどこされた牡丹の刺繍が艶やかだ。

いつの朝も、炎爪の横で、こんなふうにあの牡丹の刺繍が朝陽に浮かぶさまを眺めることができたら、どんなにか幸せだろう。

第三章　立華――志

「炎爪《ヤンツァオ》から聞きました。娼館《しょうかん》の不運な子を救うために、お金を貯めているそうですね」

その日、近くに来たからと事務所に顔を出したクリストファー・グレンは、まるで神父《しんぷ》のような微笑を浮かべて、そう言ってきた。

「救うとか、そんなたいそうなことを考えてるわけではないんです」

事務所の窓際には、応接用の瀟洒《しょうしゃ》な長椅子《ソファ》と机が置かれている。クリスに紅茶を出しながら晶《あき》羽《は》は苦笑した。

「ありがとう」

「炎爪に言わせると僕の淹《い》れる紅茶は渋くてまずいらしいですけど……」

彼はまだ熱すぎるだろう紅茶をひと口含んで、一対《いっつい》の宝石のごとき青い目を細めた。

「ちゃんと美味《おい》しいです。炎爪はどうも、晶羽に意地悪をするのが好きなようですね。あんまり嫌がらせをされるようなら、私に言ってください。これでも炎爪の得意客ですから、意見のひとつふたつはできます」

クリスのような紳士的《しんしてき》な優しい人と炎爪の馬が合うのだから、世の中はわからない。クリスは炎爪の邸《やしき》でよく晩餐《ばんさん》をともにするのだ。

「ところで、ここのところ千翼幇《チェンイーバン》との抗争が酷《ひど》いようですね?」

「そうみたいです。帰りも遅くて」

この半月ほど、炎爪は明け方近くになって帰ることが頻繁《ひんぱん》にあった。千翼幇との諍《いさか》いが絶えなくて手こずっているのだと炎爪は言うけれども、日増しに晶羽は不安と不審を募《つの》らせるようになっていた。

広い褥《しとね》にひとりでいると、どうしても母のことを思い出してしまうのだ。夫が妾宅《しょうたく》に泊まる夜、彼女もこんなふうにぽつりと夜のなかに独りぼっちにされた気持ちになったのだろうか。そうして、息子の部屋に本を抱えて来たのだろうか。

……炎爪は、本当に秘密結社の仕事で忙しいのだろうか?

そんな憶測《おくそく》をする自分がとても嫌なのだけれども、どうしても考えてしまうのだ。

もしかすると、他に女なり男なりができて、そこで過ごしているのではないか。夜に身体《からだ》を求めてくるときも、最近は妙に猛々《たけだけ》しい感じで、怖いと思うことすらあった。思わず抵抗《ていこう》しても、無理やり身体を開かされて。

半年は雇うと約束してしまった手前、晶羽のことを傍《そば》に置いているけれども、本当はもう飽きてしまったのではないのか?

自分なりに炎爪と絆《きずな》を作り上げているつもりでいた。

しかし、人との関係とはそんなに容易《たやす》い、明快なものではないのかもしれない。

これまで親友も恋人も持ったことがない晶羽にとって、炎爪との深い関係はなにもかも未知なものだった。

不安が、表情に滲《にじ》んでしまっていたらしい。

「なにか心配事でもあるのですか？」

向かいの長椅子から、クリスが優しい声で訊《き》いてくる。

晶羽はクリスを見つめた。彼はもう何年も炎爪と交流があるそうだから、炎爪のことについて詳《くわ》しいに違いない。

「炎爪は千翼幇絡みでもめていて忙しいって言うんですが、本当なのかなと思って……」

「もめているのは確かです。先日も港で千翼幇一派が天命幇《ティエンミンバン》所有の倉庫に火を放った事件があったばかりですし……それに炎爪は千翼幇の耿英冥《ガン・インミン》にただならぬ敵愾心《てきがいしん》と対抗意識を抱いていますからね。それで、よけい大事になるのでしょう」

「敵愾心と対抗意識？」

「たとえば、炎爪の語学力は並外れているでしょう？　あれは憎い耿にひとつも負けたくないと励《はげ》んだからです」

「どうして、そこまで耿に拘《こだわ》るんですか？」

「拘る理由、ですか……」

クリスの青い瞳がわずかに色を沈めた。

「聞いて気持ちのいい話ではありません」

「構いません。知りたいんです」

晶羽の真剣な眼差《まなざ》しを確かめてから、クリスは口を開いた。

「私も炎爪から少し聞いたことがあるだけなのですが、彼が十三歳のとき、彼と彼の親友――その親友は淋《リン》の兄でした――は、船の荷の上げ下ろしの仕事の際、荷物のなかにあった阿片《あへん》を少し盗んでしまったのだそうです」

冬を間近に控え、温かな外套《がいとう》でも欲しかったのだろうか？　盗んだ阿片をこっそり売り捌《さば》こうとしていたところを見つかって、捕われてしまった。

「その阿片は、千翼幇のものでした。当時、耿英冥はまだ十七歳でしたが、すでに一目置かれる存在で、炎爪たちの処分は彼に委《ゆだ》ねられました。無慈悲《むじひ》な耿は、ふたりを匪賊《ひぞく》として斬首《ざんしゅ》することに決めました」

「斬首……」

子供の盗みが斬首に直結するなど、晶羽の道理にはないことだった。炎爪と淋の兄は、どれほどの恐怖を味わったことだろう。

「捕まった翌日の早朝に、処刑は黄浦江《ホアンプージァン》沿いの荒地で行われました。先に凶刃《きょうじん》を受けたのは淋の兄でした。その刃《やいば》は軽く拭《ぬぐ》われただけで炎爪へと向けられたそうです。しかし、その場にいあわせた淋の必死の命乞《いのちご》いを耿は聞き入れ、ひとつの交換条件を炎爪に出しました」

クリスの眉《まゆ》がおぞましげに歪《ゆが》む。

「彼は、包《パオ》を淋の兄の首の断面につけて、血をたっぷりと含ませ、それを炎爪に食すように告げたそうです」

「……そんなこと」

「そうやって断罪された者の血を染み込ませた包を食べることで、無病息災《むびょうそくさい》を得られると言われているのです」

「でも、そんな、親友の血なんて！」

しかも、まだ温かな血だ。

禍々《まがまが》しいまでの美貌を持つ十七歳の英冥はきっと、手ずから血まみれの包を十三歳の炎爪に渡したに違いない。その図がありありと想像されて、晶羽は激しい悪寒《おかん》に身を強張《こわば》らせた。

「炎爪がどうしたかは、彼がいま生きていることで、わかりますね？　それ以来、炎爪は耿英冥のことを憎悪しているのです」

「………」

晶羽は掌《てのひら》で口許《くちもと》を押さえ、俯《うつむ》いた。

胃が痙攣《けいれん》して、えずきそうになる。

「時として人は、生きるため、一生消えない傷を負わなければならないものです」

クリスは静かに立ち上がると、晶羽の横へと移ってきた。

肩にそっと優しい手が触れてくる。クリスは長いこと、宥《なだ》めるように晶羽の肩を撫《な》でていてくれた。

「……すみません。もう、大丈夫です」

深くひとつ息を吐いて、晶羽は青褪《あおざ》めた顔でクリスに弱く笑んで見せる。

クリスは目を細め、ちょっとおどけるような表情をした。そして、小声で言ってくる。

「ねぇ、晶羽。私は最近、炎爪に少しうんざりさせられているのですよ」

「え?」

「晶羽は働いた金で娼館に沈められた子を救おうとするような、世にも稀《まれ》な心のある人間なんだ――そう何度も何度も自慢されて。おととい会ったときも言っていました」

「……炎爪が……そんなことを?」

「ええ。もうすっかり聞き飽きてしまいました」

たったそれだけの第三者の証言で、ここ最近ずっと胸に詰まっていた不安が嘘みたいに霧散《むさん》していく。

なまじ自分に直接向けられた言葉でない分だけ、炎爪の素の気持ちに触れられた気がした。好きな人が自分のことを、他人が呆《あき》れるほど自慢にしてくれている。それが、とても嬉《うれ》しい。

強張っていた肩や背中から力が抜けていく。自然と唇がほころぶ。

「大丈夫だから、気持ちを強く持って、そういうふうに笑顔でいなさい」

クリスの優しさに素直な気持ちを引き出されて晶羽はこっくりと頷《うなず》き——視界の端《はし》に入った置き時計の針の位置に気づく。

「あ、時間」

慌てて腰を上げた。

「なにか用事があるのですか？」

つられたように、クリスも立ち上がる。

「三時に約束をしていて」

「炎爪とですか？」

「いえ、炎爪ではなくて、水祈《みずき》と——さっきの話の、身請《みう》けする子です」

「では、東洋茶楼《さろう》に行くのですか。それなら送りましょう。自動車で来ていますから」

その言葉に甘えて、晶羽は男娼館まで送ってもらった。

クリスは娼館などには出入りしたことがないらしく、少しなかを見てみたいと言いだした。それで、晶羽はクリスを連れて登楼した。

「遅くなってすまない」

「いいえ。こんにちは、晶羽様」

水祈はにこりとしてから、晶羽の後ろに立っているクリスを見上げる。

「彼は、クリストファー・グレン。知り合いのイギリス人だ」

紹介すると、クリスは紳士然とした仕種《しぐさ》、脱いだ帽子を胸元に当てて、水祈に微笑む。

「はじめまして。お会いできて光栄です、水祈」

クリスの礼儀正しい様子に気後《きおく》れしたものか、水祈は項垂《うなだ》れるように頭を下げた。

水祈が淹れてくれた茉莉花茶《ジャスミン》を飲みながら、古いペルシャ絨毯《じゅうたん》の敷かれた床に座って、チェスをした。晶羽と水祈が組んでクリスと対戦したのだが、さすが子供のころから嗜《たしな》んでいるだけあって、クリスの駒捌きは見事だった。駒を扱う指先の動きひとつ、それは優雅《ゆうが》で。

人見知りしているらしく、今日の水祈は言葉少なだった。しかも可哀想《かわいそう》なぐらい緊張していて、駒を何度も取り落として倒した。その度《たび》に、クリスの長い指がそっと駒を拾い上げ、盤上に立てるのだった。

考えてみれば、これまでの水祈にとって西洋人とは、自分を買って無体《むたい》をする存在でしかなかったのだろう。娼館に売られる前にしても、基本的に西洋人は貧しい日本人を蔑視《べっし》しているから、親しく接する機会もなかったに違いない。

それでも少しずつ、水祈はクリスとのゲームに没頭《ぼっとう》していって、負けるとわずかに口惜《くや》しそうな表情を覗《のぞ》かせた。そうするとクリスは、勝つためのコツをひとつ伝授してくれるのだった。

そうしてチェスを愉《たの》しんでいるうちに、窓はいつしか赤く染め上げられていた。

商売開始を知らせる清掻《すがかき》の音が聞こえてくる。

「行かなきゃ……あの、今日はありがとうございました。とても愉しかったです」

水祈は頭を下げると、立ち上がろうと膝立《ひざだ》ちの姿勢になる。

「えっ、もう行ってしまうのですか?」

まるで西洋のピクニックの絵のように風雅な様子、片膝を立てて座ったクリスが真正面から水祈を見つめて、とても残念そうな顔をする。

「……仕事、ですから」

水祈が小さい声で返すと、クリスは「仕事」の内容に思い当たり、青い瞳を曇《くも》らせた。そういう反応は水祈を困らせるだけだとわかっているから、晶羽はクリスの肩に軽く触れた。

「もう帰りましょう。僕は今日中にやっておきたい仕事があるから事務所に戻らないと」

「私はここに残ります」

晶羽は訝《いぶか》しくクリスを見た。

「残るって?」

「今夜ひと晩、彼を買います」

その言葉に水祈が大きく息を呑《の》む。晶羽も思わず声を乱した。

「クリス、買うって意味をわかってるんですか?」

「わかっています」

「でも……」

どうせクリスが買わなくても、何人もの男が今晩、水祈を弄《もてあそ》ぶのだ。それなら、クリスひとりの相手をするほうがいいのかもしれない。

けれども、クリスが金で欲望を満たすような類《たぐ》いの人間であることが、晶羽には意外であり、軽い失望を覚えた。

「クリス様、承知しました」

水祈のほうが晶羽よりも切り替えが早かった。

「お母さんに言ってきますから、待っていてください」

そう人形みたいな顔で告げると、すいと立ち上がって、部屋を出て行った。

水祈の姿が見えなくなると、クリスは晶羽へと視線を向けてきた。

白い僧侶《ビショップ》の駒を品のいいかたちの唇にそっと押し当てて、彼はふわりと笑んだ。

「お金を払うだけで、あんな日本人形みたいに愛らしい子と朝までチェスをできるなんて、夢のようです」

「へぇ。あのクリスが水祈を買うとはな」

炎爪の声に下世話な意味合いが籠《こ》められているのを感じた晶羽は、向かいの席にきつい眼差しを投げた。

「買ったと言っても、朝までチェスをするだけだ。そう説明しただろ」

「チェスでいったい、なにを攻略するんだか」

「っ、クリスは炎爪とは違う！」

「ああ、確かに俺だったら、チェスなんてまどろこしいことはしないで、水祈を朝までたっぷり可愛《かわい》がってやるな」

「……」

強気に上げられた晶羽の眉がぴくっと動くのを眺めて、炎爪は愉しくて仕方がないといった様子だ。まったく意地が悪い。

「ほら、この鱶鰭《ふかひれ》の姿煮、ぷるぷるしてて旨《うま》いぞ」

機嫌のいい顔で晶羽の皿に料理を取り分ける。

……水祈のところから戻ってから、事務所でイギリスに出す積荷一覧の書類を英文タイプライターで作っていたところに炎爪が突然やってきて、これから京劇を観に行くからと、晶羽を連れ出したのだった。

いくつか演目があったが、そのなかでも印象的だったのが「天女散華《ティエンニュイサンホア》」という十分ほどのものだった。仏教説話を基《もと》にしたもので、歌舞伎と同じように女役を男が演じている。天女役は、当代きっての名優である梅蘭芳《メイ・ランファン》だ。

お釈迦様の言いつけで天女が三千世界に花を降らせて浄化をほどこすという筋《すじ》で、天女は舞台のうえをあたかも空を舞っているかのごとく、長い彩帯をたなびかせながら歌い踊る。最後には、くるくるとその場で回って仰向《あおむ》けに倒れゆく。天女は昇天し、雨のように空から花が降りそそぐ……。

観ていると、自分までも花に洗われて昇華《しょうか》されたような心地になれる舞台だった。

京劇を観終わってから血の巡りがよくなる美味い料理を食し、晶羽は炎爪とともに外灘《バンド》の黄浦江沿いに設けられた緑地を散歩した。彫像が飾られていて、あたかも大庭園の趣《おもむ》きだ。

点々と置かれている長椅子《ベンチ》に、ふたり並んで腰を下ろす。

目の前にはガス灯の光を流して横たわる広い河。

振り返れば、西洋神殿そのままの建造群がどっしりと聳《そび》え立っている。

内側に毛皮の貼られた外套を着ていても、寒さが身体の芯に触れてくる夜だった。晶羽が自然に身を寄せると、炎爪は肉厚の唇の端を上げて、温めるように肩を抱いてきた。

クリスが昼に教えてくれた、炎爪が自分のことを自慢に思ってくれているという話が思い出されて、胸のあたりに力強いぬくもりが宿る。

「こんなふうにふたりでゆっくりするのは、最近なかったな」

晶羽の髪に顔を埋《うず》めるようにして炎爪が呟《つぶや》く。頭皮にゆるやかで温かな吐息《といき》を感じる。自分の目がとろりと潤《うる》むのを感じながら、晶羽は少し詰《なじ》る口調で返す。

「最近の炎爪の僕への扱いは、酷かった」

「……そうだったな。でも、厄介《やっかい》な仕事が一段落したから、小休憩だ」

小休憩ということは、こんな時間は長く続かないということだ。

我《わ》が儘《まま》だとわかっているけれども、寂しい気持ちが胸の片隅を蝕《むしば》む。

「炎爪、まっとうな運輸業のほうだけで充分儲かってるんだから、もう秘密結社の仕事は控えてもいいんじゃないか？　危険なことも多いだろうし」

晶羽は秘密結社が具体的にどんなことをしているかは知らない。けれど、秘密結社絡みらしき死体が、黄浦江から引き上げられるのは何度か目にしていた。その度に、もしかすると炎爪が手を下した死体なのかもしれないと考えてしまう自分がいる。それはとても嫌な想像だ。しかしそれ以上に嫌でたまらないのは、明日にでも炎爪が死体となって黄浦江を漂《ただよ》うかもしれないと考えてしまうことだ。

「そういうわけにはいかない」

炎爪の声が、わずかに硬さを帯びる。

晶羽はぐっと顎《あご》を上げた。至近距離にある鮮やかな黒い瞳を見る。

「どうしてだ？　子供のころから苦労してきて、もう充分じゃないか。秘密結社を抜けるのは難しいのかもしれないけど、距離を取ることぐらいできるだろう」

「俺はもっと金も権力も欲しい」

揺らぎのまったくない眼差しに圧《お》される。負けまいと、晶羽は目に力を籠めた。

「どこまで昇り詰めたら満足できるんだ？　上海《シャンハイ》を牛耳《ぎゅうじ》るつもりか？」

皮肉っぽく言ったのに、炎爪は真顔で頷く。

「そうだな。そのぐらいの力が欲しい」

「……」

「俺には叶《かな》えたい夢がある。そのためには、金も権力もあればあるほどいい」

「夢？　――どういう？」

炎爪は視線を晶羽から、背後に並ぶ異国の建築群へと移した。

そして、唸《うな》るような低い声で。

「上海を自分たちにとって都合のいい魔窟《まくつ》に作り変えて喰《く》い散らかしてる奴《やつ》らを追い出して、租《そ》界《かい》を本国へ取り戻したい。それが子供のころからの俺の夢だ」

「……すごいな、炎爪は」

「誰にでも夢ぐらいあるだろう」

「僕はそういう貴《たか》い志《こころざし》を持ったことがない。いつも自分の周りの小さいことでいっぱいいっぱいで」

「おまえだって貴い志を持ってるじゃないか。水祈を身請けするっていう」

炎爪が嬉しそうな顔をするから、なにか照れくさくなった。

自分のなかの人がましい心の動きを、こんなふうにわかってくれて評価してくれる人がいるのは、とても幸せなことだ。

帝都にいたころは、狭い世界、偏《かたよ》った自我で、自分の心をわかってくれる者などいないのだと孤独感に落ち込むことがよくあった。けれど環境が変わって、自分も余計なものを棄《す》てて少しは変わることができて……。

炎爪によって、自分の心と身体の歯車は、正常に動くように調整されていったのではないか？花登《はなと》の家の者に依頼されたからと拉致《らち》して酷いことをしたけれども、たとえば嵐の船でおこなわれた初めての性交のときですら、炎爪は最終的な選択を晶羽に委ねた。いつもそうなのだ。強引だけれども、本当に肝心なことは晶羽自身に選ばせてくれる。

だからこそ、いまの自分を、とても自然に受け入れることができている。

見守ってくれる瞳が、すうっと細められた。

「……晶羽」

肩にかかっていた手が項《うなじ》へと流れてきた。そうして逃げられなくさせられて、唇を奪われた。人肌の温かさ、やわらかな感触に唇を圧し潰《つぶ》される。晶羽はぴくんと身を震わせてから、慌てて顔をそらした。

「外でこんなことしたら、駄目だ」

「口接《くちづ》けぐらい、いいだろう」

「よくない。ふしだらすぎる」

「これでも、おまえに合わせてずいぶんとお上品にしてるんだがな。もしおまえじゃなかったら、このままここで喰ってやるところだ」

野外での性交など、晶羽のなかではまったくあり得ないことだ。少し想像しただけで、顔がかぁっと熱くなる。思わず炎爪の逞《たくま》しい胸元を掌でぐいと押して、身を離した。長椅子から立ち上がる。

「せっかく人が素直に感謝してたのに」

炎爪が旨いものを食べたあとの仕種、肉厚の唇を親指で歪めるように拭いながら立ち上がる。

「感謝って？」

「……」

首を伸ばして炎爪を見上げた。

いつものように噛みつく言葉を向けられるのを待っているらしい。炎爪は余裕のあるにやつき顔をしている。

そんなふてぶてしい様子すら、無性に好ましくて。

まっすぐに声が出た。

「炎爪に逢《あ》えてよかった」

虚《きょ》を衝《つ》かれたように、炎爪がわずかに目を見開く。それから真顔になって、大きく瞬《まばた》きをした。

髪をやたらに何度も掻き上げる。そして、ひとつ溜め息をついてからおどけたふうに笑んだ。

「おまえは、いちいち俺の心臓に悪い。いま、ここが滅茶苦茶《めちゃくちゃ》に動いてる」

炎爪の親指が、自身の心臓のあたりを示す。

そんなのは、お互い様だ。本当に壊れてしまいそうなぐらい、晶羽の心臓は激しく波打っていた。頬《ほお》がひび割れそうに火照《ほて》っている。目と喉《のど》は焼かれているみたいに熱い。

涙を刷《は》いた目で見上げると、炎爪がふいに腕を伸ばしてきた。抱きすくめられる。

そして、耳元で。

「我愛你《ウォーアイニー》」

炎爪の腕のなか、晶羽は与えられた告白に息を止めた。

——……うそ……。

いつか自分から言おうと思っていた愛の言葉。それを先に炎爪から貰《もら》うことができるなどとは、夢にも思っていなかった。だから、嘘みたいで、咄嗟《とっさ》には受け入れられなくて。

晶羽は揺らぐ眼差しで炎爪を見つめた。

通じなかったのかと不安になったらしい。炎爪がわざわざ日本語で言いなおす。

「愛してる」

「……っ」

追い討ちをかけられて、晶羽の心臓はぎゅうっと握り潰されたみたいになる。呼吸のひとつもまともにできなくて、肺が軋《きし》む。

「壊れそ――」

本当に、膝の骨が砕けて壊れてしまったみたいに、脚がガクガクしている。晶羽が崩れ落ちないように、逞しい腕が腰を抱き支えてくれる。

こめかみに何度も、炎爪の唇が押しつけられる。

「初めて逢った晩、暴漢に連れ去られそうになっているおまえを見たとき、こんなに綺麗な人間がいるものかと、自分の目を疑った。色の薄い髪や真珠みたいな肌が、闇に輝いて見えたんだ。この眉も、目も、鼻も、唇も、なにもかも震えが来るほど俺好みで」

甘い言葉をとろとろと耳に垂らされて、晶羽は酩酊感《めいていかん》に浸される。

……ただ容姿を褒《ほ》めるだけの言葉なら、これまで数えきれないほど捧《ささ》げられてきた。けれどそれらは虚《むな》しく滑稽《こっけい》に聞こえるばかりで、一度たりとも晶羽の硬い心に届いたことはなかった。

それなのに、いま、ひとつひとつの言葉が、こんなにも心をだらしなく蕩かす。

炎爪からの言葉だからこそ、意味があるのだ。彼が自分の、恋しくてたまらない人だから。

そして、想い返してもらえている心強さは晶羽に、ずっと訊きたくて、でもどうしても訊けずにいたことを口にする勇気を与えてくれた。

「………炎爪、ひとつ教えてほしいことがあるんだ」

「ああ?」

こめかみを温かな唇が滑《すべ》るのを感じながら、晶羽は静かに尋ねた。

「僕の処分を炎爪に頼んだのは――父上か？」

炎爪の唇がぴたりと動きを止める。

次の瞬間、骨が軋むほど強く抱き締められた。

答えを炎爪は口にしなかったけれども、それでわかった。

真実が痛い。

でも、大丈夫だと思えた。

自分にはいま、ここに信じられる足場がある。だから昔の足場は過去へと沈めよう。そうして、ここから歩きだせばいい。

「炎爪」

晶羽は広い男の背に指を喰い込ませる。

「僕もおまえを――」

けれどもその時、視界の端でなにかがちかりと光った。闇へと目を凝《こ》らす。

彫像の陰から男が現れる。長袍《チャンパオ》姿、手には月光を浴びて鈍色《にびいろ》に光るものを握っている。男はこちらへと大きな歩幅で歩いてきながら、おもむろに右手を前に突き出した。

――……拳銃っ⁉

間違いない。銃口はこちらに向けられている。

「どうした？」

晶羽の身体《からだ》の強張りに炎爪が気づく。晶羽は咄嗟に炎爪を押し退《の》けた。突き飛ばす。

銃声が、夜の川辺に轟《とどろ》いた。

左肩のあたりに激しい熱が炸裂《さくれつ》する。まるで雷にでも打たれたかのように、晶羽の身体は大きく跳ねた。

「晶羽っ!!」

炎爪に抱き留められながら、地へと身体が崩れ落ちる。

いつの間にか、晶羽と炎爪は五人ほどの男に取り囲まれていた。

炎爪の側頭部に銃口がぴたりと突きつけられる……。


仰向けに横たわっているのに、左肩が重たくてたまらない。その重みが、痛みなのだと理解するのに時間がかかった。

うう…と小さく呻《うめ》きながら、晶羽は目を開けた。天井から下がっている、赤い房《ふさ》を垂らした六角柱型の吊り行灯《あんどん》が、まず目に入る。身体中がだるくて、頭を上げるのすら億劫《おっくう》だ。

暴漢《ぼうかん》たちに銃で脅《おど》されて、炎爪とともに自動車の後部座席に押し込められたところまでの記憶はあるが、撃たれた肩からの出血は激しく、途中で意識を失ったらしい。

――炎爪に、迷惑をかけた……。

炎爪は荒事をくぐり抜けて生きてきた人だから、どうとでも逃げることができたに違いない。けれども晶羽が負傷したがために、一緒に囚《とら》われてしまったのだ。

暴漢たちはおそらく英冥の手の者だろう。

――いまごろ、炎爪は酷い目に遭《あ》っているかもしれないっ。

晶羽は右腕だけで身体を起こそうとした。なにかとても動きにくい。左肩の負傷のせいかと思ったが、どうもそれだけではないようだ。身体が妙にぴったりとした布に包まれていて、思うように動けないのだ。

寝台のうえ、なんとか上半身を起こした晶羽は、改めて自分の身体を見下ろして愕然《がくぜん》とした。

「な……に？」

着ていたはずの外套も三《み》つ揃《ぞろ》いの背広も脱がされていた。

代わりに身を包むのは、しっとりと濡れたような光沢を帯びた桃色の絹布《けんぷ》だった。

その服は厭《いと》わしいほどぴたりと晶羽の身体の線に添っていた。中華の民族衣装特有の、右胸上部を斜めに過《よぎ》るかたちの前合わせ。赤い絹紐を丹念《たんねん》に組んで作られた釦《ボタン》。腕がほとんど露《あら》わになる短袖。長い裾の右側には腿《もも》の付け根付近まで深い切れ込みが入っていて、素足がぞろりと猥《みだ》りがましく覗いている。

――女物？

気づいたとたん、晶羽は激しい恥辱《ちじょく》を覚えた。

どんな悪ふざけか知らないが、男の身で、愛らしい色合いと柄の女物の衣類を着せられているのだ。こんな格好をするぐらいなら、いっそ裸のほうがまだしも恥ずかしくないだろう。左腕は肩から指先まで重く痛んでいて使い物にならないから、右手で首元の釦を探った。

と、左肩に痛みが弾けて、晶羽は全身を硬直させた。

いつのまにか、白い長袍を纏った男がすぐ横に立っていた。

「痛いっ、肩を放せ…っ」

激痛からくる眩暈《めまい》に耐《た》えながら、晶羽はキッと相手を見上げた。

京劇俳優のように艶《あで》やかな顔立ちと、緩《ゆる》く編《あ》まれた銀灰色の髪。

千翼幇の耿英冥だ。

「痛くて当然です。骨が少々粉砕《ふんさい》されていますから」

英冥は手指の力を抜き、親指でそろりと傷のあたりを撫でてきた。肩口から熱い疼痛《とうつう》が波紋《はもん》を描く。

「炎爪は、どこだ？　無事なのか？」

「ずいぶんと怖い目をしますね」

「答えろ」

晶羽のひるまない様子に、英冥が喉で嗤《わら》う。

「彼は実にいたぶりがいがあります。安心してください。本番はこれからです」

「炎爪のところに連れて行け……それと、僕の服をいますぐ返せ」

みっともない姿がいたたまれず、晶羽は見える面積を小さくしようと膝を立てた。すべらかな絹が肌を滑り、右脚の外側が露わになる。

「着替えなど必要ないでしょう。とてもよく似合っていますよ。まるで皮を剝《む》いたばかりの白桃《はくとう》の実のような肌ですね」

英冥の手がするりと露出した腿を撫でてくるのに、晶羽は咄嗟に脚を逃がすかたちに倒した。右手を後ろ手について、ほっそりした腰を縒《よ》り、脚を女性のようにしどけなく横に崩《くず》している。

その様子が気に入ったものか、英冥は薄い唇の両端を綺麗に上げた。

警戒に身を強張らせていると、英冥が手をひとつ打ち鳴らした。両開きの扉が開き、ふたりの男が入ってくる。

英冥は彼らに、晶羽を押さえているようにと命じた。

慌てて寝台から下りようとしたけれども、銃創《じゅうそう》の痛みが激しすぎて平衡《へいこう》感覚が摑《つか》めない。まともに抵抗もできないまま、気づけばふたりの従者《じゅうしゃ》によって寝台に仰向けに押し倒されていた。

晶羽は右手で拳を握った。炎爪に教えられたとおり、中指だけ少し浮かせて、その拳を男の頬に叩き込む。相手はわずかに仰《の》け反《ぞ》ったが、すぐに晶羽の両手首をひと纏《まと》めに摑むと、頭上へと上げさせた。左肩が激痛に炙《あぶ》られる。

「い……たいっ、痛い、っ」

手と脚をひとりずつに拘束され、もがくほど裾が乱れていく。

英冥は机に置かれていた真円の盆を持ち上げると、寝台の端に腰掛けた。

そして、陶器の皿からなにかを掬《すく》い上げた。晶羽へとそれを見せる。

「上着に入っていた袋のなかにこれがありました。見事な華珠《はなだま》ですね」

炎爪から贈られた真珠の首飾りだった。晶羽はそれをお守りのようなものとして、肌身離さず持ち歩いていたのだ。

「返せ！」

痛みで涙目になりつつも、晶羽は眼差しを険しくする。

英冥は盆のうえの小刀を握ると、真珠の綴《つづ》りの真ん中あたりに刃を当てた。ぷつっと絹糸が切れる音がして、次の瞬間、三十粒ほどの珠が白い光を弾《はじ》きながら皿のなかへカランカラン…と降った。

敷布へと転がり出た真珠の粒を拾って皿に収めると、英冥はガラスの器に入った香油《こうゆ》を皿へとふんだんに垂らす。英冥のすらりとした指が、華珠のひとつひとつに、とろりとした香油を馴染《なじ》ませていく。卑猥《ひわい》な音と光沢が皿のなかから生まれる。

「炎爪をどうするつもりだ……まさか、まさか処刑なんて、しないだろう？」

英冥が淋の兄を斬首の刑に処したことが思い出されていた。

とろとろになった真珠を一粒摘《つ》まみ出して眺めながら、英冥は蠱惑的《こわくてき》に微笑する。

「私の目的は、彼の去勢ですが。愛人《アイレン》を生かしたいですか？　殺したいですか？」

英冥は炎爪の命を奪うことも視野に入れているのだ。晶羽は失血で白くなっている顔を、さらに蒼白《そうはく》にした。

「なにを、すれば――なにをすれば、炎爪を助けてくれる？」

「もし私を愉しませられたら、考えてあげましょう」

「愉しませるって……」

「まずは、膝を立てて脚を大きく開きなさい」

あたかも晶羽の自主性に任せるようなことを言いながらも、英冥は従者に無理やり晶羽の脚を押し開かせたのだった。それればかりか、裾をべらりと捲《ま》くられてしまう。下穿《したば》きをつけていない下半身、性器が剝き出しになる。外気と視線に晒《さら》された会陰部《えいんぶ》が戦慄《わなな》いた。

「や、めろっ――い、や……ぁ」

ぬめる真珠の粒を、刺激に弱い狭間《はざま》に押しつけられる。そして、粒を皮膚に押し込むようにして前後にゴリゴリと転がされた。こそばゆいような痛いような感覚に、晶羽は下肢を強張らせる。

と、その粒が一段奥まった窄《すぼ》まりに嵌《は》まり込んだ。慌ててそこに力を籠め、珠を弾こうとする。

けれど、英冥の親指が蓋《ふた》をするように後孔に押し当てられて、圧《あつ》を加えてくる。

「うぅ、っ、いや………それは、汚したら……駄目っ」

炎爪が自分に贈ってくれた、とても大切なもの。

それを自身で汚させられていく——汚したくない。

「おねが、いだから、それだけは」

「望みどおり、全部の珠を君に返してあげましょう」

「あ、ああーっ」

親指をぐりっと蕾《つぼみ》に突き入れられて、晶羽は仰け反った。指の長さの分だけ、香油まみれの真珠は奥へと沈められた。大切なものを淫具《いんぐ》に堕《お》とされてしまった衝撃に、晶羽は目に涙を滲ませる。

指が引き抜かれる。真珠を出そうと、内壁が忙《せわ》しなく蠕動《ぜんどう》を繰り返す。なんとか口の部分へと運ぼうとしているのに、容赦《ようしゃ》なく次の粒が蕾を割って入ってくる。珠同士がなかでぶつかって、かちりと音をたてた。ぐうっと奥へと詰められる。

そうして、三十個ほどの華珠はすべて、晶羽へと返されたのだった……。

「歩き方まで、まるで女性のようですね」

耳元でなめらかな声が囁《ささや》いてくる。腰を抱いている英冥の手を振りほどきたかったけれども、

もしそうしたら、晶羽はその場でしゃがみ込んでしまうに違いなかった。

体内に詰められた大量の真珠が擦《こす》れ合って、内壁のあらゆる場所をコリコリと刺激している。しかも、塗《まぶ》された香油は催淫《さいいん》効果のあるものだったらしい。粘膜から吸収された媚薬《びやく》が血を巡り、身体のいたるところに爛《ただ》れた熱をばら撒《ま》いていた。

左肩の銃創までも、掻き毟《むし》りたくなるほどの熱に熟《う》んでいる。

その劣情《れつじょう》に必死で抗《あらが》う。

負けてしまったら、下の口から真珠を零《こぼ》してしまうだろう。そんな排泄《はいせつ》行為を人前でするのは、絶対に嫌だった。

頭の芯がぶれるような激しい眩暈のなか、晶羽は足元を見定めようとする。磨き込まれて黒光りする床を踏む自分の足は、服と共布で作られた沓《くつ》を履《は》いている。一歩ごと、裾がたおやかに閃《ひらめ》く。

……女性物の中國服が、なぜこうまで男である自分の身に肩も胸も腰もいやらしいほどぴったりと合っているかの種明かしは、先刻、英冥によって語られた。

晶羽が普段着ている服はイギリス人の仕立て屋による丁寧な採寸のうえで誂えられているのだが、英冥はその仕立て屋を金で抱き込んで、晶羽のための女性物の服を作らせたのだった。

要するに、英冥は以前から晶羽のことをいたぶる算段をしていたというわけだ。

「あの突き当たりの扉のむこうに、君の大切な人がいます。さぁ、歩きなさい」

「っ、ふ」

腰骨を撫でられて、危うく下腹の力が抜けかける。

ほとんど息を止めるようにして、晶羽は内腿を摺《す》り合わせる情けない歩き方で、足を前に運んだ。こんな女の装いをした姿を炎爪に見せたくはない。けれども、それ以上に彼が無事でいるかを自分の目で確かめたかった。

淋のような戦闘能力がない以上、晶羽にできるのは、どんな屈辱的なことだろうと耐《た》えて英冥を満足させ、炎爪の命を守ることだけだった。

ひそかに拳を握り、心を強くして、晶羽は開けられた扉をくぐった。

「……炎爪っ」

彼は質素《しっそ》な椅子に座り、机に突っ伏していた。

小ぶりな机の丸い天板には五本の釘が打たれており、そこから張り巡らされた紐によって、炎爪の右手は机上に磔《はりつけ》にされている。左腕は使えないように、肘《ひじ》を曲げるかたちで縄を巻かれて拘《こう》束《そく》されていた。

純白のシャツのあちこちに赤い染みが散っている。連れ去られてからいままで、すでにかなりの暴行を受けたのだろう。

晶羽は英冥の手から逃れて、よろめきながら炎爪に駆け寄った。

「炎爪、炎爪――こんな、惨《むご》い……」

机に磔にされた彼の右手。そのすべての指には、爪の下に長い針が刺し込まれていた。内側の出血で、爪は真紅に染まっている。

「……晶羽？」

ぐったりと伏せられていた炎爪の顔が上げられる。

その右目は殴《なぐ》られたものか、真っ赤に充血していた。

唇にも大量の血がこびりついている。

「炎爪、少し我慢してくれ」

そう震える声で告げて、晶羽は机上に縛《いまし》められている炎爪の手へと手を伸ばした。負傷している左腕がうまく使えないのがもどかしい。人差し指に刺さっている針を、そっと摘まみ、ぐうっと引き抜く。びくんっと炎爪の身体が跳ねる。そうやって晶羽は五本の針をすべて抜いていく。

さらに机上に張り巡らされた紐をほどこうとしていると、英冥に左肩をぐっと掴まれた。

「――っ」

包帯を染みて服にまで血が滲んでいる傷口をごりっと指先で抉《えぐ》られて、脳天まで白い痛みが貫く。肌から冷たい汗が噴《ふ》き出す。

後ろから英冥に抱き込まれ、そのまま炎爪から数歩離れさせられた。

「晶羽を放せっ！」

椅子から立ち上がった炎爪が机を引きずりながら追って来ようとしたが、控えていた従者たちによってふたたび椅子へと座らされる。机に磔にされた手の小指へと小刀の鋭い刃が押し当てられた。

「愛しい男のために、健気《けなげ》を見せてください。私を退屈させたら、指が一本ずつ、炎爪から離れていきますよ」

愉悦《ゆえつ》に染まる英冥の声に、身体の芯が震えた。

「少し脚を開いて、しっかり立っていなさい」

従うよりなかった。震える脚で床を踏みしめる。

背後に立つ英冥が、両手を腰に添えてきた。指先を布越し、肌に喰い込ませるようにして、手をゆったりと上下させる。それだけで毛細血管まで媚薬に浸された身体は痺《しび》れる甘美を覚えた。声を堪《こら》えるために唇を噛み締める。

英冥の手が、次第に撫でる場所を上半身へと移してくる。

脇の下をくすぐられて身を捩《よじ》る。胸へ、ずるりと両手が流れた。

「なんですか、これは？」

咎《とが》めるように言われて、おそるおそる自分の胸を見下ろせば、淫靡《いんび》にてらつく桃色の絹布の胸に、尖《とが》りがふたつ浮かび上がっていた。その尖りをやんわりと指の腹で擦られる。

「い……あ、っ」

「晶羽に触るな！　俺の指を切るなり好きにすればいい……おい、おまえ、俺の指を切れっ!!」

炎爪が小刀を持っている男に怒声で命じる。

「彼はああ言っていますが。どうしますか？　彼の指が惜しいなら、胸を差し出しなさい」

嫌だった。けれども拒否すれば炎爪の指を切られてしまう。

……背を弓なりに反らして、晶羽は乳首を英冥の愛撫《あいぶ》に晒した。

熱く凝《こご》った粒を、ぷつりとしたさまが強調されるように指先で摘まれ、転がされる。甘い疼《うず》きに腰を蠢かすと、粒を真っ二つに割るように爪を立てられてビクンと身体が跳ねる。今度は痛みを緩和《かんわ》させるみたいにやんわりとさすられる。左右の胸から、神経が煮えていくようで。

媚薬の回った身には、あまりにきつすぎる仕打ちだった。

まるで楽器を奏でるかのよう、英冥は巧《たく》みな指使いで二個の粒をあやし、いたぶり、晶羽を高低強弱をつけて自在に啼《な》かせた。閉じる暇もない唇から唾液《だえき》が零れる。

「晶羽、あき――――っぐ」

怒声を上げつづける炎爪の口に、猿轡《さるぐつわ》が嚙まされる。それでも、くぐもった唸り声や、立ち上がろうと椅子と机をがたがた揺さぶり鳴らす音は絶えない。従者たちが座らせていようと炎爪の肩を押さえつけていたが、ついに椅子が倒れ、炎爪は床に腰を打った。

晶羽の乳首を腫《は》れ痛むまで弄んだあと、英冥の手は鳩尾《みぞおち》へ、そして下腹へと下がっていく。

「やっ……そこは、ぁっ、んぅ」

ぴったりした服の下腹は、勃《た》ち上がったものに窮屈《きゅうくつ》に押し上げられていた。下腹の布の一部が熟れた色になっているのは、先走りが染みているせいだ。

膨らんだ茎を布越しに摑まれる。軽く扱《しご》かれただけで瘧《おこり》のような震えがくる。すべらかな絹に、ぽってりと腫れた亀頭《きとう》をくちゅくちゅと擦られていく。薄紅色《うすべにいろ》の染みがどんどん拡《ひろ》がっていく。まるで、粗相《そそう》をした子供みたいだ。

「ひ、ぅ、うう……んっ、んんー」

炎爪に見られ、部屋には英冥の従者が五人もいるというのに、すさまじいまでの甘美に砕かれそうになる。

陰茎と後孔はまるで連動しているかのように、怖いぐらい激しくひくつきだしていた。

ぬるつく先端を絹布でぐりぐりと磨かれる。下肢全体が引き攣《つ》り、粘膜まで痺れが走る。懸命に堪えようとしたけれども、ついに吐精の欲に負けた。茎の中枢《ちゅうすう》を貫く狭い管を、重い粘液が突き抜けた。それが目も眩《くら》む快楽を生む。

性器が決壊したのと同時に、脚の狭間の奥底の蕾も大きく喘いだ。波打つ襞を異物が通り抜ける感覚――。

「あっ」

カツン…と、足元で小さな硬い音が響いた。黒光りする床に、白い真珠が転がっていく。転がって、炎爪の靴にぶつかった。炎爪が目を瞠る。

炎爪が贈ってくれた大切なものを穢《けが》したのを、知られてしまった。

「……う…ごめん――ごめん、炎爪……」

申し訳なくて、恥ずかしくて、声は掠《かす》れ、震えた。

心臓が擂《す》り潰されたようになる。

哀しくてつらくて仕方がないのに、一粒出したら止まらなくなってしまった。

「い、や……いや、ぁ、あっ」

英冥に残滓《ざんし》を零している陰茎をゆるゆると擦られながら、香油にぬめった孔から真珠をぷつりぷつりと吐き出す。次から次へと、ぬくまった真珠が床を打って、小さな小さな手毬《てまり》のように跳ね転がる。

直接、秘部を見られているわけではないが、可憐な女性の衣類を纏った姿、ある種の排泄行為を人目に晒すのは、気の遠くなりそうな恥辱だった。

爛れた恍惚《こうこつ》の表情を隠すために、晶羽は右手で顔を覆う。

大量の華珠が、床に香油の線を引きながら散った。

「よくこんなにいっぱい、詰めていましたね」

ようやっと蕾を締めることができた晶羽の、真っ赤になった耳に冷たい唇を押し被《かぶ》せ、英冥が囁いてくる。

掌で涙を拭って、晶羽は火照りきった顔から手をぐったりと下ろした。肩を激しく上下させて、なんとか嗚咽《おえつ》混じりに息をする。

後ろから背を押されて、右手を机上に括《くく》られたまま床に座るかたちで男たちに押さえつけられている炎爪のほうへと歩かされる。

突然、布が裂かれる高い音が響いた。服の横に入っている切れ込みが、英冥によって腰のあたりまでさらに深く裂《さ》かれたのだ。その裂け目からするりと手が入ってきて、白い蜜に塗れた性器をじかに握られる。

「まだ、こんなに硬いのですか。真珠では足りなかったようですね。炎爪に楽にしてもらいなさい」

「炎爪に……？」

「ふたりで気持ちよくなるところを見せてください」

この場で性交をしろというのだ。

――こんな……人前で？

しかし、悩んでいる暇はなかった。机上の炎爪の小指に刃が当てなおされる。

「さぁ、自分で彼に乗りなさい」

背中を突き飛ばされて、晶羽は炎爪の足元にくずおれた。

炎爪の目は憤怒《ふんぬ》に染まり、英冥の悪趣味に従う必要などないと伝えてくる。

――でも、耿を愉しませなかったら、炎爪は指どころか命まで奪われかねない。

選択の余地などなかった。

晶羽はずるりと床を這《は》い、もがく炎爪のズボンの下腹を乱した。そこは、ひどく硬くなっていた。先刻の晶羽の恥辱的な姿に、雄を刺激されたらしい。むしろその反応を確かめられて、救われた気持ちになった。あんな惨めな姿を冷静に見られていたのだったら、本当に舌を噛み切りたくなっただろう。

歪んだ欲情を、炎爪も共有してくれていたのだ。

「ン、んっ」

怒張している陰茎を握り出すと、炎爪は大きくもがいた。首をきつく横に振って、行為を拒《こば》もうとする。

「炎爪……大丈夫だから。僕が、助けるから」

濡れた男の幹を扱きながら、晶羽は炎爪の腰を跨《また》いだ。剥き出しになっている右脚の膝を立てて、しゃがみ込む。握っている雄を香油でとろとろになっている蕾へとあてがった。

「っ、くふ」

肩をきつく竦めて、晶羽は逞しい器官を粘膜で包んでいく。なかにまだいく粒か残っている真珠が亀頭に押されて、ふたたび奥深くへと沈んでいく。

「あっつ……ぁ、んんっ」

これは英冥に脅されてしている行為でありながら、同時に、切羽詰まった衝動をともなっていた。

耿英冥は、残酷な男だ。この行為の最中に、炎爪も自分も殺されかねない。

いかにも淫乱めいた騎乗の体位で根元まで繋《つな》がり、晶羽はせつなく眉根を寄せた。真珠と炎爪の長い器官が、怖いほど深くまで届いていた。わずかに腰を撓《しな》らせるだけで、すさまじい快楽の衝撃に襲われる。

「ぁっ、炎爪、すごい、硬い……」

これが最期の行為になるかもしれないという危機感を、炎爪も感じているのだろう。彼のものは常よりも質量を増し、裏の筋を激しく浮き立たせて、晶羽を串刺しにしていた。

下半身で深々と結合したまま、晶羽は上半身を炎爪の逞しい身体に押しつけた。心臓の定かな動きを感じながら、炎爪の猿轡を嚙まされたままの唇を舐めまわす。濃厚な血の味が舌に拡がる――炎爪が、英冥によって親友の血の染みた包を食べさせられたという話を思い出していた。

それをクリスから聞いたときはおぞましさに具合が悪くなったけれども、もし炎爪が処刑されて彼の血を浸した包を差し出されたら、自分はそれをとても大事に食べるのではないか。

そうやって存在の残滓を自分のなかに取り込んで、魂を継《つ》ごうとするのではないか。

誰かが、晶羽の服の後ろの裾を捲くった。

男同士で結合しているところをじかに観られてしまう。

噴き出した汗が、晶羽の火照る肌をしっとりと光らせる。長い睫《まつげ》に涙が宿る。

羞恥《しゅうち》に身を焼かれながらも、ぬめる薄紅色の蕾で太すぎる雄の幹をねっとりと上下に扱く。

そうしてあられもない性交を男たちに晒しながら、晶羽はその陰で、抱きつくふりをして炎爪の左腕を拘束している縄の結び目を探した。指先に硬いごろりとした結び目が触れる。それを指先でほぐすけれども、なかなか緩《ゆる》まない。もどかしさに、体内の男をきつく締めつけてしまう。

「っ、ん、むっ」

炎爪が猿轡の下、ひどく色めいた呻き声を上げた。

――ほどけたっ、……ぁっ！

縄の結び目がほどけたのとほぼ同時に、晶羽のなかでどくんっと熱液が溢れ返った。

炎爪の頬に、晶羽は頬を忙しなく摺り寄せた。熱い。体内も、触れ合う頬も、熱い。炎爪も自分も生きている証《あかし》の熱だ。それがどれだけ失えない、代えのきかないものかを思い知る。

生きよう、と思った。

嵐の船のうえで炎爪に選択を迫られたとき、自分は死にたくない、という消極的な理由で生を選んだ。

けれども、いまは違う。

なにをしてでも、どんな意地汚いことをしてでも、炎爪と自分の命を摑んでいよう。

最期の瞬間まで決して希望を失わずに。

炎爪と間近で目が合った。

彼の瞳もまた、生きることを高らかに宣言していた。

晶羽はそっと腰を上げてやわらかくなった楔《くさび》を体内から抜くと、炎爪のズボンの前を閉じた。次の瞬間、炎爪は跳ねるように立ち上がる。

「な、なんだっ⁉」

机の横に立つ男の手から、指を切るために用意されていた切れ味鋭い小刀を奪うと、炎爪は右手を拘束する紐をブツッと一気に刃で断ち切った。向かってくる男の頬を鮮やかな刀捌きで斜めに切り裂く。血飛沫《ちしぶき》が晶羽の顔や服に散る。さらに飛びかかってくる男たちを机と椅子を投げつけて退けると、炎爪は晶羽の手を摑んだ。

窓へと一気に走って。

腰をぐっと抱き締められた。沓の底が床から離れる。

炎爪はガラス窓へと背を叩きつけて、晶羽を胸に抱いて庇《かば》うかたち、二階の窓から宙へと飛んだ。その瞬間、音が消え、時の流れが遅回しに切り替わる。

夜の空に、無数のガラスの破片《はへん》が散り拡がり、透明な花びらのようにちらりちらりと降り落ちていく。そのなかを、晶羽は炎爪に抱かれたまま、ゆっくりと落下した。

躑躅《つつじ》らしき冬枯れの植え込みのうえに落下したとたん、バキバキバキっと小枝が折れる音とともに時間の速度が元に戻る。

炎爪に手を引かれて、晶羽は貧血でぐらつく身体で必死に門へと走った。深く裂けた衣類の裾から凍てつく風が吹き込んでくる。

門に向かっていくと、向こうから人影が走り寄ってきた。千翼幇の者かと緊張したが、しかしそれは見知った人――淋だった。

「炎爪！」

淋が安堵の表情を浮かべる。そして、女のなりをしている晶羽を見て大きく瞬きをした。しかし、気まずさを覚える暇もなく促される。

「仲間が門を開けてくれているはずです。早く」

どうやら、炎爪と晶羽が拉致されたのを知って、救出に来てくれていたらしい。

淋の言うとおり門は開いていて、晶羽たちは敷地の外へと走り出た。

――助かった……。

ほんの数分前の、あわやチェックメイトという窮地《きゅうち》を切り抜けることができたのだ。

安堵したのと同時に、極度の貧血状態に陥っていた晶羽の意識は吸い込まれるように闇へと堕ちた。


額に心地よい冷たさがある。

闇に溶けていた意識がのったりと纏まっていく。

「晶羽様、大丈夫ですか？」

覗き込んでくる、黒目がちの大きな目。

「水祈……？」

「ああ、よかった。クリス様、晶羽様が気がつかれました！」

足音が近づいてきて、滋味《じみ》のある青い瞳が視界に浮かぶ。

「晶羽、もうなにも心配はいりません」

「――炎爪、は？」

起き上がろうとすると、クリスにそっと緋襦袢に包まれた右肩を押さえられた。

「炎爪も無事です。炎爪はいま隣の部屋で淋たちと今後のことについて話し合いをしています」

そうだ。助かったのだ。

――これからも炎爪と一緒に、生きられる。

眼底から込み上げてくる熱を宥め、少し鼻声になりながら訊《たず》ねる。

「ここは、妓楼？」

「ええ。邸のほうは襲撃される危険が高いので、この娼館に取りあえず身を隠すことにしたそうです。君の肩の傷は少し化膿《かのう》していて、それで熱が出ています。だから安静にしていないといけません」

額に置かれた濡《ぬ》れ手拭《てぬぐ》いのうえに、クリスがそっと掌を置く。

「怖い思いをしましたね。私も水祈もここにいますから、安心して休んでください」

「クリス様、僕は薬湯を持ってきますね」

「お願いします」

緋繻袢に半纏《はんてん》を羽織った水祈が、小走りに部屋から出て行く。

晶羽が夕方にこの娼館を出てから、この明け方近くまで一緒にいて、水祈はずいぶんとクリスに馴染んだようだ。そうクリスに言うと、彼はやんわりと微笑する。

「水祈は頭のいい子ですね。このひと晩で私を負かすぐらいチェスが上手くなりましたよ」


薬湯を飲んでから、晶羽はふたたび眠りに落ちた。

次に目を覚ましたとき、部屋は眩しいまでの光に満たされていた。白みの強い、朝の光だ。左肩は骨肉が熟れ爛れているかのように重く疼いている。

ゆるく呼吸をして、視線を彷徨《さまよ》わせる。

「……あ」

水祈とクリスの姿はなかった。

代わりに、寝台の横に置かれた圏椅《クワンイ》に炎爪が座っていた。背を丸めるように深く俯いて、うつらうつらしている。ガラス窓をその身で割り、晶羽を落下の衝撃から守ったせいで、彼の顔や手には無数の傷が線を引いていた。

太陽の光に満ちた部屋の底に沈んでいる、傷だらけの男。

手を伸ばして、晶羽は炎爪の無骨《ぶこつ》な手に触れた。幼いころから雑役《ざつえき》に従事してきた、皮膚の厚い手だ。そのざらつく感触が愛しい。

拷問《ごうもん》で針を刺された右手の爪は、内側からの出血で黒く染まっていた。

思わずきゅっと手を握り締めると、炎爪が重たそうに瞼《まぶた》を上げた。右目はまだ充血していて、瞼も腫れてしまっている。

その双眸《そうぼう》は、ぶ厚くこびりついた疲弊《ひへい》に澱《よど》み、それでいてひどく張り詰めていた。

「炎爪……」

彼を少しだけ休ませてあげたいという想いが、込み上げてきた。

こんなにボロボロになるまで、ずっと走りつづけてきたのだ。いまここで、ほんの少しだけ休息を取ったところで、誰が彼を咎めることができるだろう。

休んで力を貯えてから、また夢へと向かえばいいのではないか。

だから、晶羽は熱にひび割れた唇で告げた。

「炎爪、僕と日本に行こう」

無言のまま、訝しむように炎爪が目を眇《すが》める。

「日本に逃げるって意味じゃない。事態が落ち着くまで……少しだけ休んで、態勢を整えればいい」

懸命に訴えると、炎爪が大きな掌を晶羽の額に載せてきた。大きく眉を歪める。

「熱が高いぞ」

「僕は、大丈夫だから、それより炎爪、いまの上海にいるのは危険だと思う」

情けないけれども、自分の無力さを知っている。

昨夜だって、そうだった。炎爪は身ひとつならば、暴漢たちに襲撃されてもなんとか逃げ遂《おお》せたのだろう。それなのに戦闘能力のないひ弱な自分などといたために捕まり、こんなふうに傷《いた》めつけられてしまったのだ。

もし自分にできることがあるとしたら、日本に戻り、炎爪をしばしのあいだ、匿《かくま》うことだけだ。父から処分を望まれた身ではあるけれども、まだ自分が花登《はなと》の嫡子《ちゃくし》であることには違いない。どんな目で見られようが、誰に頭を下げようが、炎爪にしばしの平穏《へいおん》を与えたい。

と、扉が開いてクリスが入ってきた。

「ふたりとも目を覚ましていましたか。卵粥《たまごがゆ》を作ってもらってきました」

「クリス、晶羽の熱がかなり高いんだ」

炎爪に言われて、椀の載った盆を机に置くと、クリスは晶羽の額に手を置き、それから襦袢の衿をずらして包帯の巻かれた左肩を露わにした。包帯には血膿が滲み、周辺の肌も赤く腫れている。

「……あとで私の友人のイギリス人医師を連れて来ましょう」

「こんな傷のことより、炎爪——一週間でも二週間でもいいから、日本に……」

「日本ですか」

炎爪の代わりに、クリスが反応を示して、晴れやかな声で炎爪に言ってくれた。

「いい案かもしれませんね。君と耿英冥は、どうにも収拾のつかないところに嵌まり込んでいる。楊《ヤン》さんのとりなしで事態が沈静化《ちんせいか》するのを、むこうで待てばいい。そうしたら晶羽もゆっくりと傷の養生《ようじょう》をできます」

「……確かに、日本に行ったほうが晶羽にはいいか」

「長崎でしたら、私が懇意にしている者にすぐ邸を手配してもらえます」

まるでピクニックにでかける算段でもしているように、クリスは愉しげだ。

炎爪は少し考える顔をしていたが。

「クリス、頼んだ」

「それではすぐに手配しましょう――ああ、それなら晶羽の介護を安心して任せられる者が必要ですね。どうでしょう、水祈を連れていくのは」

「……水祈を？」

クリスは晶羽に頷きを返す。

「晶羽から横取りするかたちになってしまいますが、私が彼を身請けしたいのです。そうそう、この粥も水祈が作ってくれました」

クリスの提案は、晶羽にとってとてもありがたいものだった。

できれば、自分の力で水祈を身請けしたかったけれども、こんなありさまではいつになるか目処《めど》が立たない。それにクリスに身請けされるのなら、きっと水祈は優しい穏やかな日々を送ることができるだろう。

その日のうちに、クリスは妓楼の女主に話をつけて、水祈を落籍《らくせき》させた。水祈は喜ぶというよりひどく戸惑《とまど》っている様子だったが、晶羽と炎爪とともに日本に行くのだと教えられて、目を輝かせた。彼はいまだ父母の故郷である日本の地を踏んだことがなかったのだ。

運輸業のほうは一時的に棟梁《とうりょう》の楊に譲ることにして、炎爪の下の者たちはそれぞれしばらくのあいだ身を潜めることになった。晶羽は当然、淋も日本に同行するものと思っていたが、彼は上海に留まることを選択した。

そして、英冥に捕われた日から三日後の未明、日本に向けて出立する運びとなったのだが、晶羽の容体は酷くなる一方だった。上海から長崎までは一日と少しの船旅となる。長崎は西洋医学が発達していて、名医もいるからとクリスに励まされた。

朦朧《もうろう》とした状態で、晶羽は厚い外套にくるまれた身体を炎爪に抱きかかえられて乗船した。炎爪の船は耿英冥の一味が目を光らせていたため、上海の端の寂《さび》れた埠頭《ふとう》から出る鉄鋼を運搬する貨物専用の船が選ばれた。

「寒くないか？」

船底の質素な寝台に晶羽を横たわらせ、毛布をあるだけかけながら、炎爪が訊いてくる。カタカタと震えながら頷くと、大きな手が頭を撫でてくれた。

寝台の端に腰掛けた炎爪が、外套のポケットからなにかを握り出す。

「ちょっと手を出せ」

言われて、毛布の端から右手を出すと、なにかすべらかな感触のものが手首に巻きつけられた。

「これをお守りに持っていろ……俺の気持ちが籠めてあるから」

手首に着けられたものは華珠の綴りだった。穢し、失ってしまった首飾りと、指輪と一緒に炎爪がクリスから買ったものだ。

「決して外すなよ」

晶羽は蒼《あお》い顔でこくりと頷く。

早く、長崎に着きたい。

これまで三度、旅行で訪れたことがあるが、あそこは洗練された異人館が建ち並び、さまざまな文化を自然に内包した、活気のある美しい土地だ。炎爪と散策したい場所がいくつもある。

長崎にさえ着くことができれば、この身を蝕む熱と苦しみからも、解放される気がして。

魔都の瘴気《しょうき》も祓《はら》える気がして。

「晶羽……」

華珠の巻かれた手首を強い手指に握り締められる。炎爪が身体を伏せてきた。毛布から辛《かろ》うじて覗いている晶羽の唇に、炎爪は長い口接けを落とした。まるで晶羽の唇の感触を唇に大事に写し取っているかのような、静かで長い口接けだった。

そっと唇が剝《は》がれる。

至近距離で視線が絡んだ。

「一日も早く、快《よ》くなるんだぞ」

なんだろう？

なにか違和感めいた不安が、むずむずと込み上げてくる……きっと熱があって、気弱になっているせいなのだろうけれども。

「炎爪？」

心許なく名前を呼ぶと、不遜《ふそん》でいて温かみのある、いつもの笑みが返ってくる。

大丈夫だ。なにをいらぬ心配をしているのだろう。もうすぐ船は出る。魔手は海のうえまで追っては来ない。

「眠っていろ。すぐに着くから」

低い心地いい声。粗野《そや》で優しい手が、晶羽の瞼を上から下へと撫でた。自然に目を瞑《つむ》る。そのまま意識がぼろりと崩れた。

船が動きだしたとき、ふっと自然に目が開いた。まだ奇妙な違和感が残っていて、無性に炎爪の顔を見たくなった。幾重《いくえ》にも積まれた毛布を押し退け、ふらつく身体で立ち上がる。船内の壁に手をつきながら歩いていくと、水祈が走ってきた。

水祈はクリスが用意したのだろう、紺色の上着に灰色のズボンと毛糸編みのベストを着ている。長く娼館にいたのに蓮っ葉《はすっぱ》な印象のない子だから、腕に大きな銀製の盆を抱えている姿は小さな執事といったふうで愛らしい。

「晶羽様、なにか欲しいものがありましたらお持ちしますから、横になっていてください」

「大丈夫だ。それより、炎爪はどこにいる？」

「クリス様に言われて僕も捜《さが》してるんですけど、下にはいなくて……もしかすると甲板《かんぱん》かもしれません」

「わかった」

「あ、僕が見てきますから！」

制止する水祈を振り切って、晶羽は寒さに上着の前を掻き合わせながら、甲板へと出た。耳に、ゴ、ゴ…と風の音が流れ込んでくる。縄で括られた鉄鋼が積まれている甲板を歩く。空は明け色に染まっていたが、いつになく黄砂《こうさ》による濁《にご》りが強いようだった。炎爪の名を何度も呼ぶ。

いまや、違和感は、実体のある不安へと姿を変えていた。

晶羽は甲板の縁《ふち》に廻《めぐ》らされた欄干《らんかん》に身を寄せた。そして、遠ざかる陸を見る。

「どう……して」

寂れた埠頭を呆然《ぼうぜん》と見つめて、呟く。

指先が白くなるほどきつく欄干を握り締め、身を乗り出す。そして。

「どうしてなんだっ⁉　炎爪っ‼」

きっと声など届かない距離へと離れてしまった男へと、晶羽は怒鳴った。

大陸に残った炎爪は黒灰色の外套のポケットに両手を突っ込み、朝の風に煽《あお》られながら、まっすぐ晶羽のほうへと身体を向けている。濁り空が、まるで彼を押し潰す魔都の瘴気のように見えた。

「いや、だ――おまえと、離れない」

晶羽は混乱したまま、欄干のうえへと膝を乗せた。

凍るような海を埠頭まで泳ぎきれるかどうかすら、考えには上らなかった。

ただ、炎爪の許へ行きたい。彼と一緒に生きたい。その想いだけで、身も心も張り裂けそうだった。

「晶羽！」

海へと滑り落ちようとする晶羽の身体はしかし、背後からの強い力で引き止められた。クリスに抱きすくめられて、晶羽は暴れた。暴れているつもりだった。弱った身体では、ただもがいている程度の動きに過ぎなかったとしても。

「船を、船を戻せっ」

クリスの腕のなかで、晶羽は陸を見返る。

——炎爪………。

灰色の埠頭には、もうどこにも炎爪の姿はなかった。

晶羽の頬は、目からどくどくと溢れる熱い涙でぐっしょりと濡れそぼっていた。

「これが、炎爪の望んだことなのですね」

クリスが呟く。

「……望んだって？」

「君を安全な地へ逃がし、自分は上海に踏み止まって、為《な》すべきことを為す」

晶羽はクリスの襟元を飾る幅広のタイをぐしゃりと握り締めた。

「そんなの……そんなの、僕の気持ちはどうなる？　僕は炎爪といる！　船をすぐに戻してくれ——頼む、から……」

嗚咽に噎《むせ》びながら哀願するのに、クリスは苦しそうな表情を浮かべ、けれどもはっきりした口調で言った。

「できません。これが炎爪の望みなら、私は友人として全力で叶えます」

どう訴えかけても、クリスが考えを翻《ひるがえ》す気がないことが伝わってくる。

一秒一秒、炎爪から離れていく。

足腰が萎えて自力で立っていられなくなった晶羽を、クリスはふわりと抱き上げると、船底の寝床へと運んだのだった。

第四章　昇華——花の季節

長崎は鎖国時代にも出島を通して海外の風を受けていただけあり、かねてから蘭学《らんがく》が盛《さか》んだ。西洋医学に通じた名医もおり、晶羽はクリスの紹介によって質のいい治療を受けることができた。

しかし銃弾を受けた左肩は、一ヶ月半たった現在でも、治りが思わしくない。服薬しても化膿が抑えきれず、膿《うみ》を含んだ肩は腫れ、痛んだ。それに伴って微熱状態が続き、ときおり高熱を出した。

医学士の話では、傷を治すのに必要な免疫力《めんえきりょく》が低下しているせいだろう、とのことだった。滋《じ》養《よう》のあるものを摂取し、気持ちを明るくして過ごすようにと言われた。

クリスも水祈も、とてもよく晶羽のことを気遣ってくれている。気遣って、炎爪《ヤンツァオ》のことはできるだけ名前も出さないようにしてくれていた。

それでも、長崎には上海の情報がよく入ってくる。ある日、三人で洋食屋に入ったところ、横の席の商人たちの会話から、上海で血なまぐさい抗争が繰り広げられているらしいことを耳にした。

黒爪幇《ヘイツァオバン》という秘密結社が興《おこ》り、その抗争に深くかかわっているという。

——黒い、爪。

針を刺されて、赤黒く染まった炎爪の手の爪がすぐに連想された。

きっと、間違いない。その黒爪幇とは炎爪が立ち上げた組織だ。

命を危うくする争いの日々のなかに、炎爪はいる。その事実は、晶羽の心をいっそう弱らせた。

快復しても炎爪に逢えるわけではない。上海に渡れば逢えるかもしれないが、自分などが行けば、かえって足手纏いになるのは明白だ。

炎爪はもう自分のことに飽きてしまって、体《てい》よく厄介払いをしただけではないのか。そうして身軽になって、淋《リン》を従えて魔都を闊歩《かっぽ》しているのではないか。

そんな昏《くら》い想像に囚《とら》われつつも、しかし晶羽は炎爪がくれた真珠の腕輪を決して身から離さなかった。

そのすべらかな珠のひとつひとつを指先で辿りながら、炎爪の無事を懸命に祈る……祈らずには、いられなかった。

クリスが知人から借りた洋館は、青レンガ造りのイギリス様式だ。こぢんまりとした庭には桜の木が植えられている。

晶羽は寝着の襦袢姿、二階の出窓に腰をかけて、窓の外を眺めていた。しとしとと降る糸雨が、桜の枝に纏わりついては、地へと滴《したた》る。時計のカチリカチリとした音を聞くよりは、ずいぶんとなめらかに時間の流れを感じることができた。

果たして、この流れの先に、炎爪との再会はあるのだろうか……。

「晶羽様、湿気は傷に障《さわ》ります」

紅茶と洋菓子を運んできてくれた水祈が、気遣わしげに声をかけてくる。

「ああ、そうだね」

窓を閉めて、晶羽は緞子《どんす》張りの長椅子《ソファ》へと移動した。

水祈を横に座らせる。

「迷惑をかけてばかりで、すまない。いつまでもこうしてはいられないから、早く快《よ》くなって、自分なりに答えを出さないといけないとは思っているんだ」

紅茶で喉を温めながらそう言うと、水祈が慌てたように首を横に振る。

「迷惑だなんて、クリス様だって思ってません。晶羽様は僕の恩人です。もちろん早く快くなっていただきたいですけど、こうして少しでもお世話をできるの、嬉しいです」

あまり真剣な口調で言うから、晶羽はちょっと笑ってしまう。

「恩人はクリスだろう。僕はなにもできなかった」

「初めに僕のことを気にかけてくださったのは、晶羽様です。クリス様と出逢うことができたのも、晶羽様のお陰です……晶羽様にお逢いできなかったら、僕はずっとあそこで家族を待ちつづけるしかできなかった」

水祈の表情に陰がすうっと流れた。

クリスに身請けされて、健やかな生活を手に入れた水祈だったが、いまだにふとした瞬間、妓楼で男に抱かれていたときに浮かべていたような空虚な表情を覗かせることがある。

「……家族のこと、未練はまだあるのか？」

「未練はありますけど、あれもこれもは選べません」

少し照れるように、水祈は頰に淡く笑窪《えくぼ》を刻んだ。

「それに、クリス様が家族になるって言ってくれたんです。だからもう、あの人たちはいりません」

クリスが水祈を可愛がっているのは傍で見てわかっていたが、そこまで深く情を注いでいるとは知らなかった。

……水祈は実の家族には恵まれなかった。けれども、これからはクリスとの関係のなかで、しっかり根を張り、花を咲かせるのだろう。冬を越した桜の木が新芽を結び、水色の春の空に、ほろほろと可憐な花を群れ咲かせるように。

そう思うと嬉しくて、同時に羨《うらや》ましくなった。

「炎爪にとって、僕の花の時期は、もう終わったのかな」

つい自棄《じき》ぎみに呟いてしまうと、水祈が真顔で覗き込んできた。

「炎爪様がそう感じてるって、思うんですか？　そう思えば、諦められるんですか？」

「……」

いまの自分が、炎爪の本心を知ることは不可能だ。

できるのは、自分が感じてきた炎爪との関係から推測することだけだった。

他愛もない会話や、口喧嘩《くちげんか》、命を賭《と》して窮地から脱したこと、数えきれない愛戯――それらから紡《つむ》いできた、絆。

『これをお守りに持っていろ……俺の気持ちが籠めてあるから』

右の手首に巻かれた華珠を、左の手指でくるみ込む。

おのれの心がくっきりと見えてくる。

自分はまだ、炎爪との絆を信じている。彼とまた逢えると信じている。

「諦めてない。諦められるわけがない」

晶羽の言葉を受けて、水祈がひとり言のように呟く。

「諦められないうちは、想いつづけるしかないんですよね」

そうだ。こんなに強い想いを止めることなどできないから。

炎爪が逢いに来てくれないなら、自分はこの足で、ふたたび上海の地を踏もう。足手纏いにはなりたくない。迷惑はかけたくない。だからいますぐなどとは言わない。

いつか抗争が収まったころに、彼に逢いに行こう。

その時に炎爪が自分に対してどういう答えを出すかは、いくら考えてもわからないことだ。それは不安だけれども、前に進んでいくしかない。前に――炎爪という方向に向けて。

「あ、呼び鈴が……ちょっと出てきますね」

下から来客を告げる鈴の音が響くのに、水祈が慌てて立ち上がり、部屋を出て行く。

――こんなふうに、いつまでも同じところで足踏みしていたら、駄目だ。身体をきちんと快復させて、炎爪に逢ったときに恥ずかしくないように過ごさないと。

「待ってください――勝手に入らないでください！」

乱れた水祈の声が階下から聞こえてきた。

クリスは出かけているから、いまこの家にいるのは晶羽と水祈だけだ。晶羽は眉をきつく上げて、階段へと向かった。吹き抜けに渡された階段はそのまま玄関広間へと繋がっている。折り返しの踊り場から下を見る。

「……」

まったく想定していなかった人の姿に、晶羽は瞠目《どうもく》した。

相手は顔を上げて晶羽を見つけ、健康的で爽やかな顔を歪めた。

「本当に、長崎にいたなんて」

階段へと向かおうとする青年に、水祈が取り縋《すが》る。

「待ってください。晶羽様とどういうご関係ですかっ⁉」

「……水祈、大丈夫だ。彼は」

声を低めて、晶羽は自身の気を落ち着けようとする。

「彼は、僕の弟だ」


「行方知れずの兄上にそっくりの人物を長崎で見たという噂を聞いて、まさかと思って三日前にこちらに来たんです」

一階の応接室、泰紀《やすのり》は外套を纏ったまま、水祈の淹れた茶にはひと口もつけずに安堵と憤り《いきどお》の入り混じった声で続けた。

「五ヶ月もずっと、どうしていたんですか？　どうして、家のほうに連絡のひとつも入れてくれなかったんですかっ」

この様子からすると、泰紀は父が晶羽の処分を異邦人に頼んだことはもとより、自動車を襲撃され拉致されたことすら知らないようだ。

「田丸《たまる》はなにも話さなかったのか？　田丸の怪我は……」

「田丸？　ああ、運転手の。あれなら、なんでも急病を患ったそうで、父上が見舞金を持たせて故郷に帰らせましたが」

――金で田丸の口封じをしたってことか…。

田丸は不機嫌も見せずに自分に仕えてくれていたけれども、金を握らされて、真実を闇に葬《ほうむ》ってしまったのだ。

その裏切り自体には気持ちが塞《ふさ》ぐものの、しかし金というものの重みを多少なりとも知ったいま、自分と田丸の関係性ではそれも仕方のないことと思われた。自分はいつも、田丸を人とも思わず扱っていたのだから。

「それより兄上、俺の質問に答えてください」

泰紀に迫られる。けれど、とても話す気にはなれなかった。話したところで、健やかで単純な泰紀は、父の企《たくら》みだと教えても混乱するだけに違いない。それに、父にそこまで疎《うと》まれた事実を自分の口で暴くのは、惨《みじ》めでつらすぎた。

「俺が……庭の薔薇《ばら》の花を抜かせたのが、気に入らなかったんですか？」

「そんなことじゃない」

「なら、どうして」

「――詳しいことは言えないが、帰れない理由がある」

以前のようにツンと人を撥《は》ね退《の》ける表情を作る。

「泰紀、爵位はおまえにやる。だからもう、僕のことはすっかり忘れてくれ」

「兄上！」

泰紀が握った拳をおのれの膝に振り下ろす。激しい音がたって、壁際で立ったまま控えていた水祈がびくっとする。

「俺は爵位に拘りなんてありません。兄上は花登の嫡子です。どうやってでも、俺はあなたを帝都に連れ帰ります」

「どうやってでもって、人攫《ひとさら》いの真似事《まねごと》でもするのか？」

挑発するつもりはないのに、つい異母弟を前にして元の愚弄《ぐろう》する物言いになってしまう。太い眉をきつく顰《ひそ》めると、泰紀は無言のまま立ち上がった。

「そうですね。俺は人攫いにでも、なんにでもなりましょう」

唸るように言うと、彼は大きな歩幅で晶羽へと近づいてきた。

威圧する眼差しで睨《ね》め上げたがしかし、今日の泰紀はひるまなかった。長椅子に座る晶羽へと覆い被さってくる。

「なにを……っ」

身体が宙に浮き上がる。

「やめろ！　下ろせっ、泰紀！」

異母弟に簡単に抱き上げられて、晶羽は激しい屈辱感を覚えた。もがく身体を骨が軋むほどきつく拘束される。

「こんなに痩《や》せて、軽くなってしまって――」

苦しげな、哀しげな声。

……ずっと自分はつらく当たってきたのに、泰紀は本当に心配してくれていたのだ。そのことに驚いて抵抗が緩んだ隙《すき》に、泰紀は晶羽を抱きかかえたまま歩きだす。

「晶羽様を放してくださいっ!!」

廊下へと追い縋ってくる水祈を、泰紀は怨《えん》じる眼差しで睨みつけた。

「花登侯爵家の跡取りを拉致監禁した罪で、おまえをいますぐ警察に突き出すこともできるんだぞっ」

「構いません。晶羽様を返して」

水祈が泰紀の外套を摑む。泰紀が大きく身体を振るって撥ね退けると、華奢な水祈の身体はどんっと壁にぶつかった。背《せ》をしたたか打って、咳き込む。

「水祈っ」

「兄上、俺は本気です。あの子を警察に突き出しますよ？　侯爵家の大切な跡取りをかどわかしたとあれば、どれだけの罪になるか」

「……くっ」

もし水祈が警察に連行されたとして、この入り組んだ事情を理解してもらうのはかなり難しい。そうなったら、父が炎爪に息子である自分の処分を頼んだことをも公にしなければならないだろう。それはきっと、「帝都の華珠」が大陸の男と出奔《しゅっぽん》したときに匹敵する醜聞《しゅうぶん》になるに違いなかった。

花登の跡取りとして育った晶羽には、そんなふうに家名を地に堕とすことはできない。いくら炎爪との生活《くらし》のなかで大きく価値観の変革があったとはいえ、花登晶羽という人間の核に染み込んだ理《ことわり》というものまですべて消えたわけではないのだから。

晶羽の身体から抗《あらが》う力が消える。

「帝都に帰ってくれますね、兄上」

確認されて、頷くよりほかなかった。

泣きだしそうな顔をしている水祈に優しい声で言い残す。

「家のことにきちんとけじめを着けたら、必ず帰ってくる。クリスにも、そう伝えてくれ」

そうして晶羽は五ヶ月ぶりに帝都へと戻ったのだった。


汽車に一日半揺られて花登の家に辿り着いたころには、発熱が酷くなっていた。

けれども一刻も早く決着をつけたい晶羽は、肩の傷に負担がかからない和装で身なりを整えると、すぐに父とふたりで居間に籠もり、話し合いの席を持った。

暖炉《だんろ》から溢れるてらてらした赤橙色の光を受けて、ひとり掛けの肘掛け椅子に深く腰を沈めた初老の紳士。顎の張った顔には険しく昏い表情がある。

その父の姿を、机を囲むかたちで直角に置かれた長椅子から晶羽は見ている。

帰宅してから、まだ父の声を一度も聞いていない。かける言葉のひとつもないのは当然だろうが。

しかし、晶羽の気持ちは、自分でも意外なほど穏やかだった。

非道な扱いをした父に対する恨みも憤りも、ない。そんな過去のことよりも、これから先の、炎爪とのかかわりのほうが重大事だった。

ただ、父の心を確認しておきたい気持ちはあった。

「僕の処分を王炎爪《ワン・ヤンツァオ》に依頼したのが父上であることは、もう知っています」

静かな声で切り出すと、父の瞼がかすかに引き攣る。

「理由《わけ》を教えてください。泰紀を後継者にしたいからですか？」

暖炉のパチパチいう音だけがしばし続いてから、父侯爵は口角を曲げるように下げて、口を開いた。

「泰紀を後継者にせざるを得ない真実が明らかになったからだ」

「真実？」

「晶子《あきこ》に関することだ」

帰宅してから初めて、父は晶羽の目をまともに見返した。その瞳には怨嗟《えんさ》と冷たい憎悪と——ひどく複雑などろりとしたものが籠められていた。

こんな目をする父を以前にも見たことがあった。

そう、母の葬儀のときに。

「おまえの母親が中國の商人と出奔したことは覚えているな」

忘れるわけがない。頷く。

「あの商人が花登に出入りするようになったのは、晶子が出奔する二年ほど前のことだった。私は愚かにもそれが始まりだと思い込んでいた。それがどうだ？　あのふたりは、そのずっと前からの馴染みだったんだ」

怒りを捻《ね》じ伏せる重い声音。

「晶子の実家——実家といっても養女になった先だが、そこで奉公をしていた女中というのが、半年前に訪ねてきた。このまま、花登の血筋が接ぎ木するように、別物に摺り替わるのを見て見ぬふりはできないと言ってな」

四十もなかばのその女の話したところによると、晶子が心中した中國の商人は、実は花登家に嫁ぐ前から晶子の許によく顔を出していたのだという。男の持ち寄る品はいつもたいそう趣味がよく、大陸の土産《みやげ》話も面白くて、晶子は彼の訪れを心待ちにしていた。それはまるで恋煩《こいわずら》いする乙女そのままで、使用人たちのあいだではまことしやかに、晶子と大陸の行商人の秘めたる関係が囁かれた。

それを聞きつけた養父母は、これはまずいと、ちょうど舞い込んできた花登侯爵からの縁談話を、晶子には有無を言わさずに決めてしまった。そうして彼女は十五の年で、可憐な花嫁御寮《ごりょう》となったのだった。

嫁《とつ》いでからほどなくして晶子は懐妊《かいにん》し、侯爵は自分の種と疑わずに喜んだ。しかし、晶子の実家のほうでは、あれは大陸の男の種が実ったに違いないと誰もが思っていたのだとか。

そんな顚末《てんまつ》をいまさら元使用人の女が告げてきたのは、要するに、強請《ゆす》りだ。侯爵は彼女に充分な額を払って帰し、使用人に塩を撒《ま》かせた。

間男《まおとこ》と地獄に堕ちたのちまでも、こうやって自分に苦悩を与えつづける女。しかし、いくら憎んでも、死者には呪詛《じゅそ》も届かない。

その募《つの》る呪詛はすべて、女とよく似た面立《おもだ》ちをした、自分の血を継いでいないかもしれない晶羽へと向けられることとなったわけだ。

侯爵は速《すみ》やかに晶羽の排斥《はいせき》を決意した。

晶羽の処分をまずはゴロツキに人を介して頼んだが、それは失敗に終わった。侯爵はその後、裏の仕事に慣れた、足のつきにくい人間を探した。そして上海犯罪組織の王炎爪に白羽の矢を立てたのだった。……一回目の襲撃のときに通りがかって晶羽を助けたのが炎爪であることは、侯爵はいまだに知らないままだった。

一連のことを父が語るのを、晶羽は身動《みじろ》ぎもせずに聞いていたが。

「私は花登の家のために、今回のことを仕組んだ。あの美しいだけが取り得の不実な女の尻拭いを、こんなのちのちまでさせられることになるとはな——晶子は嫁ぐ前から私のことを嘲笑《あざわら》い、死ぬまで馬鹿にしつづけていたんだっ！」

「待ってください」

激昂《げっこう》して拳を握る父に、晶羽は真摯《しんし》な声を向けた。

「僕の出生が不確かなことについては、なにも言えません。でも、母様は確かに父上を想っていました」

想っていたからこそ、夫が妾宅に泊まる夜ごとに息子の部屋を訪れ、彼女は声が嗄《か》れるまで本の読み聞かせをしていたのだ。

「それだけは、どうか信じてあげてください」

けれど、その訴えは、かえって父の感情を刺激したようだった。

「晶羽、おまえは変わったな。母をおのれの汚点だと恥じていたのに」

父はゆらりと立ち上がると晶羽の顎をぐいと摑んで、細くなった首が折れそうなほど、きつく仰向かせた。

瞳を、眉を、鼻を、唇を、輪郭《りんかく》を、耳のかたちまで、粘《ねば》つく視線で辿られる。

「――この顔、表情まで、姦婦《かんぷ》の母親そっくりになって」

背筋がぞわりとする。晶羽が顔をそむけようとすると、摑んでくる指にいっそうの力が籠められた。頬に爪が喰い込んでくる。

かつて母に向けられた憎悪が、そのまま自分に向けられているのを感じる。

ああ、もうここには本当に帰ってこられないのだなと、晶羽は心身の痛みとともに悟《さと》る。

「僕が邪魔で目障《めざわ》りなのは、よくわかりました」

逆にすっきりと腹が据《す》わった。

戻る場所がないなら、これから向かう先だけを見ることができる。

晶羽はひたと父を見据えた。

「僕と、縁を切ってください」

父の目が見開かれる。ぶるりと唇が震えた。

「縁を、切るだと?」

処分しようとした息子だ。縁を切るなど、むしろ歓迎されることのはずなのに、しかし晶羽は次の瞬間、頬に激しい衝撃を受けて長椅子から床に転がった。

父が圧し掛かってくる。

胸倉を掴まれ、揺さぶられた。

「おまえを自由になどさせない……晶子っ」

「――っぐ」

机の脚に頭が打ちつけられ、さらに首に父の指がかかった。喉を絞められる。

抵抗しなければと思うけれども、視界がぐらりと揺らぐ。揺れて、昏くなっていく。

「晶子、おまえは私のものだっ」

喉の粘膜が干からびて癒着《ゆちゃく》してしまいそうだ。水分の足りない舌がピリピリと痛む――水差しには、たっぷりと水が入っている。

空っぽの胃が捩れ、引き攣れる――大きな椀には、ほのかな柚子《ゆず》の香りのする粥がよそわれている。

寝台にぐったりと横になったまま、小机のうえに置かれたそれらに手を伸ばしかける。

白い二重の袖から覗く手首。そこに巻かれた真珠の連なりの放つやわらかな輝きに、朦朧としかかっていた意識が纏まる。盆へと伸ばした手をくっと握って、晶羽は顔を逆の方向へと向けた。

窓を見る。なにも映さない黒い窓。窓は外から南京錠がかけられ、さらに鎧戸で封鎖されているのだ。ここは二階の北西にある、奉公人を折檻するときに使う小部屋だ。

陽光の一滴すら漏れず、時計もないこの部屋では、時間の流れが不確かになる。ただ、自分の肉体が次第に飢え乾いていくことだけが、ひとつの定かな流れを示していた。

熱が出ているせいで、背骨には絶えず悪寒が走り、関節がキシキシと痛む。左肩は肉も骨も熟れ崩れてしまいそうに熱い。

横になっているのにひどい眩暈が襲ってきて、晶羽は目を閉じた。そのまま意識が混濁しかかる。

と、扉の鍵が開けられるカチッという金属音が響いた。

晶羽は力を振り絞って、身体を起こし、寝台から下りる。ここから出たい。ふらつく足で扉へと向かうが、すぐに足首に嵌められた鉄輪から伸びる鎖に前進を阻《はば》まれる。床に膝をつき、うずくまる。

「……兄上っ」

慌ただしい足音が近づいてきて、身体を支え起こされる。泰紀だった。

「泰紀――ここから出してくれ……僕は父上に閉じ込められて……」

「足枷は酷いですが、父上は心配なんですよ。また兄上がどこかに消えてしまわないかと」

「そうじゃない。違うんだ」

「それより兄上、今日もなにも口にしていないんですか？　もう二日も飲まず食わずだと、食事を運ぶ者が心配していましたよ」

宥める声音で言って、泰紀は盆の置かれた小机を引き寄せた。

「冷めてしまったから味は落ちてるだろうけど」

匙《さじ》にとろりとした粥が掬《すく》われて口許へと運ばれるのに、晶羽は激しく首を横に振った。

「嫌だ。毒が入っているかもしれない」

「……そんなことを気にして、飲み食いをしなかったんですか？」

泰紀は少し呆れたように笑って、匙の粥を自分の口に放り込んだ。

「泰紀っ、食べたら……」

「ほら、大丈夫ですよ。柚子が効いてて美味《うま》い。さぁ、口を開いて」

泰紀は腹が痛くなるでもなく、平然としている。毒が入っていないとわかったとたん、晶羽は異母弟の手から匙を奪った。はしたない勢いで、粥を口に流し込む。

おそらく、晶羽の異様なまでの用心深さと、その食べっぷりは、気が触れた者のように見えたのだろう。

「こんなに零して」

晶羽の顎に垂れた粥を指先で拭う泰紀の眼差しには憐憫《れんびん》の光が浮かんでいた。

別に、狂人と思われようが構わない。晶羽は粥と水を腹に収めると、まっすぐ異母弟を見た。

「泰紀、僕は母の不実の子かもしれないんだ。それで、父上は僕の処分を中國人に依頼して、数ヶ月のあいだ上海で暮らした。またそのうち上海に渡るつもりだ。だから、花登の家はおまえが継げ。もう僕はこの家では不用の者だ。放り出してくれ」

「兄上……」

しかし泰紀は思いあまったような仕種、ふいに晶羽へと両手を伸ばしてきた。剣道でしっかりと鍛えられた若い身体に抱き込まれる。

「俺は兄上の気に染まないことばかりしてきました。でも、本当はずっと慕《した》っていました。薔薇の茎で打たれたときすら、喜んで受け入れていたんです。こんなに綺麗で気位が高くて――不器用で……。これからは俺がずっと兄上の面倒を見ます」

「違う、泰紀。僕は――」

予想外の熱っぽさを向けられて、晶羽は動転してもがいた。この先の面倒を見てもらうことなど自分は望んでいない。むしろ望んでいるのは、その真逆のことだ。

加減なく抱きすくめられて、肩の傷が悲鳴を上げる。

「……っく」

痛みによる震えを、泣いているのだと勘違いしたらしい。

「なにも心配しないでください。決して、兄上を放り出したりしませんから」

泰紀が甘やかす声で囁く。

晶羽の扱いはいまや、被害妄想に憑《と》りつかれた幽閉者《ゆうへいしゃ》だった。

どんなに真実を訴えても、返されるのはやんわりとした憫笑のみ。

「炎爪……」

寝着用の二重も着崩れた姿、床にへたりと腰を落として呟く。枷《かせ》の嵌められた足の皮膚は、擦り剝けてひどいありさまだ。

もしいまの自分を他人の目から見ることができたなら、それはきっと精神を壊した人間そのものに違いない。俯く顔にはいつの間にか、涙が伝っていた。

「炎爪、炎爪、炎爪」

繰り返し、呟く。

王炎爪という中國人は晶羽のなかの幻だと、定期的に訪れる医学士は断言した。使用人たちも泰紀も、幻だと決めつける。炎爪とじかに顔を合わせたことのある父がこの監禁部屋を訪れることはなかった。

陽光も遮断された部屋で、ただ寝食を繰り返し、一番大切な人の存在を否定されていく。肩の傷はいつも熱を孕《はら》み、思考を鈍らせる。

炎爪が幻と化してしまう気がして、怖くて、真珠の腕輪をさすりつづけた。

このままでは、本当に気が狂ってしまう。

晶羽は床からゆらりと立ち上がった。

——逢いたい。

寝台横に置かれた洋燈《ランプ》を握り締め、封鎖されている窓へと向かう。

両手で笠の部分を持ち、真鍮《しんちゅう》でできた洋燈の脚の部分を力いっぱいガラスへと振り下ろした。硬くて甲高い音とともに、ガラスが割れ砕ける。落ちたガラス片が素足にぐさりと刺さった。それを取り除きもせずに、晶羽はガラスの狭間から手を差し込んだ。鎧戸を引っ掻く。爪が金物を掻く、悪寒がするほど耳障りな音が部屋中に響く。

——炎爪に、逢いたい。生きて、正気で、もう一度。

ガラス片で傷ついた手から血が滴り、手首に巻いた真珠をまだらに赤く染めていく。それでも、晶羽はなんとか鎧戸を開けようと、詮無《せんな》く爪を傷めつけていったのだった。

……いつ意識を失ったものか。

次に我に返ったとき、晶羽は寝台に横になっていた。両腕を身体の横にぴたりとつけた姿勢のまま荒縄でぐるぐる巻きにされ、寝台に括りつけられている。

暴れてまた怪我をするといけないからだと、泰紀は言う。

ガラス片の刺さった左足と両手には包帯が巻かれていた。何本かの爪が割れたり剥がれたりしてしまったらしい。

そして、右手首からは大切な真珠の腕輪が消えていた。

返してほしいと、寝台に括られたままもがき泣いたけれども、願いは叶えられなかった。

「可哀想な、兄上」

身動きできない身体を異母弟に抱擁《ほうよう》されて、晶羽は泣いた。

「晶羽様、お食事をお持ちしましたよ」

女中の声はやわらかくて、まるでものわからない幼い子供に話しかけるようだ。そして、その扱いを無礼だと憤る正気を、晶羽は失いかけていた。

「ほら、毒なんて入っておりませんからね」

毒見をしないと晶羽は水も料理も口にしないから、使用人なり泰紀なりが、一品ずつに口をつけて安全を保証するのが約束事となっている。

寝台から這いずるように床に下り、女中が小机のうえに置いていった料理に晶羽は口をつける。まったくといっていいほど食欲はなく、それゆえに味もよくわからなかった。それでもなんとか閉じている喉を開いて、嚥下《えんか》の努力を繰り返す。

生きなければならない。

生きて、ここを出る。そして、上海に行く。

広い黄浦江《ホアンプージァン》、猥雑な南市《ナンシー》、まるで西洋神殿のような外灘《バンド》の建築群、黄砂に濁る空。それらすべて、自分の焦がれる男を育てた魔都が、恋しい。

真珠の腕輪も奪われてしまったいま、心が弱ると、上海も炎爪も夢か幻だったのではないかと、自分はもうずっと昔から頭がおかしくなっていたのではないかと、そんな思いに雁字《がんじ》搦《がら》めになる。

そして、その恐ろしい妄想に囚われる時間は、確実に長くなってきていた。

こんなところで自分を見失い、この一度きりの人生を終えるのは、絶対に嫌だ。

——でも、どうやって、ここから脱出する？

右足首には相変わらず鉄の枷が嵌められており、それは鉄の鎖によって、寝台に取りつけられた金具へと繋がっている。このあいだ窓を割って怪我をしたから、鎖は窓までも行けない長さに縮められてしまった。

ままならない現実に窒息《ちっそく》しそうになる。

強張る指で握ったスプーンが震えて、うまくスープを掬えない。晶羽は癇性の発作を起こした。銀のスプーンを床に投げつけ、皿を両手で持って、乳白色のスープをじかに啜《すす》った。

しかし口に含んだものをうまく飲み込むことができない。こくりこくりと少しずつ喉に通していきながら、晶羽はふと眉を顰めた。舌を動かしてみる。ころりと、なにかが口内で転がった。丸いものだ。

——まさか、毒薬?!

ざっと青褪めて、晶羽は口のなかに残っていたスープを掌に吐き出した。指の隙間からとろりとした液体が垂れていく。そして、掌に小指の頭ほどの球体が残った。

晶羽は親指の腹で、おそるおそるそれに触れてみる。表面を撫でて、絡みついているスープを拭う。

内側から、ほのやかな清浄の光を放っているような、これは。

「……真珠？」

しかも、歪みなく肉を重ねた、華珠だ。

「どうして、スープのなかに？」

取り上げられてしまった腕輪の一粒かとも思ったが、この珠には糸を通す穴は空いていない。

真珠が偶然スープに混ざるなど、まず考えられない。

——……もしかして……。

そんな夢みたいなことを想像してもいいのだろうか。

心臓が熱く激しく軋む。

「炎爪？」

女中を買収したのか、どういう手段を取ったのかは定かでないが、こんなふうに自分に華珠を届ける者がいるとすれば、それは炎爪以外には考えられなかった。

これは、首飾りと腕輪と一式になっていた指輪の台から外した真珠ではないのか。

「炎爪が……近くに来てる？」

その日から、晶羽は一粒の真珠を頼りに、日を過ごすようになった。

炎爪と繋がっているのかもしれないと思うと、心は自然と凪《な》いだ。

そうやって冷静に考えてみれば、自分のやり口がいかにまずいかがわかってきた。

誰も信じない話を繰り返し訴えることも、なんとか逃げ出そうと暴れることも、癇性を起こすことも、泣きつづけることもすべて、自分はまともではありません、と言っているようなものだ。

いまの自分がすべきことは、正気らしい振る舞いだ。異母弟や使用人たちは、晶羽の五ヶ月間に渡る失踪を、彼自身の精神の不安定によるものだと思っているらしい。それなら、そういうことにして、いかにも正気づいたらしくまともに振る舞い、しおらしく反省を見せればいい。絶望に流されずに、自分を律するのだ。

寝着姿なりに衿元を正す。背筋を伸ばし、表情を穏やかにして、抑揚《よくよう》のある声で挨拶《あいさつ》と礼をきちんと告げる。元来がひどく高飛車《たかびしゃ》だった反動もあってか、それだけで晶羽に向けられる視線は、飛躍的に変わっていった。

彼らは憫笑を消し、代わりに、まっとうな人間に不自由を強いている現状に躊躇《ためら》いの表情を見せるようになった。

泰紀も、気安く抱擁するようなことはなくなった。

正常な世界が取り戻されつつあることに、晶羽は力づけられた。そして、ある晩、夕餉《ゆうげ》が盆に載せて運ばれてきたときのことだった。

「ありがとう、佐夜《さよ》さん」

微笑しながらすっきりとした声で言うと、二十代なかばのその女中は、少し緊張した表情で笑顔を返してきた。十日ほど前、真珠の沈んだスープを運んできてくれたのは、彼女だった。

佐夜は盆を小机に置くときに、盆の下に素早くなにかを滑り込ませた。そして、晶羽に視線でそれを見るように告げてから、そそくさと部屋を出て行った。

晶羽は耳を澄まして廊下に人の気配がないのを確認すると、盆をそっとずらした。それは小さく折りたたまれた紙片だった。

期待と緊張に震えもつれる手指で、晶羽は紙片を開く。

――……。

紙を埋めるのは、万年筆で書かれた漢字の羅列《られつ》だった。

炎爪の筆跡の。

ふいに、自制の糸が切れた。

晶羽は涙に歪む視界で、必死に字を追った。そして、掌の大きさほどの薄紙を抱き締めて、床にうずくまる。頭も胸も首筋も、痛いほど痺れている。嗚咽を殺すすべもない。

「炎爪……炎爪っ」

逢える。

彼は、上海からこの帝都まで、自分を救いに駆けつけてくれたのだ。

紙片には中國語で、明日の晩迎えに行くと書いてあった。安心して待っていろと書いてあった。

そして強い筆跡で最後に、「我愛你」と書かれていた。

涙腺が壊れてしまって、温かな涙はいつまでも溢れつづけた。

もうすぐ、炎爪に逢える。

さすがに胸が詰まって、昨日の晩も今日も食事が喉を通らなかった。その報告を受けたものか、まったく顔を出さなかった父が、急に監禁部屋を訪れた。

そして、父は晶羽を一目見たとたんに形相を変えた。

いかめしい顔が、憤怒と嫉妬《しっと》に染まる。

「……おまえ、なにを企んでいる？」

小机に向かって正座をし、泰紀に頼んで持ってきてもらった母の遺品の草子をめくっていた晶羽は、驚いて立ち上がった。

「僕は、なにも」

「嘘をつけ！　この姦婦めっ」

左肩を摑まれる。ここのところ良好な回復を見せ、いまはもう薬を塗布した布を当てているだけなのだが、それでも力を籠めて鷲摑みにされると、痛みに身体が硬直してしまう。寝台へと押し倒された。

父が、圧し掛かってくる。

まるで欲情した男のように父の膝が脚のあいだを割るのに、晶羽は愕然とした。裾が捲くれ、腿が深くまで剝き出しになる。必死に閉じようとする内腿に、汗ばんだ掌がぺたりと押し当てられた。

「な……に」

「同じ顔だ――間男と出奔する前に晶子がしていたのと、同じ顔だ」

「父上、い、や、――嫌ですっ」

内腿を撫でまわしてくる手を晶羽は必死に両手で退けようとする。

「晶子、許さんぞ！　他の男のものになるなど……おまえは、私の妻だ。『帝都の華珠』は、私だけのものだっ」

髪を掴まれて、ガクガクと頭を揺さぶられる。

揺さぶられながらも、父の言葉ははっきりと聞こえた。深い憤りが胸に宿る。晶羽は右手で拳を握った。中指を少し浮かせて、渾身《こんしん》の力での一撃だった。

「――ぐっ！」

父の身体が床へと転げ落ちる。

晶羽は乱れた襦袢姿、身体を起こして、寝台のうえから父を睨み据えた。

「それなら……それなら、どうして、母様だけを愛してやらなかったんだっ。父上が大事だったのは、母様じゃない。『帝都の華珠』を手に入れたのが自慢だっただけだ――だから、母様は本当に自分を愛してくれる男と出て行ったんだ！」

「……なにを、知った口を」

殴られた頬を押さえながら、父が立ち上がる。

眼光を緩めることなく晶羽は糾弾《きゅうだん》する。

「あなたは自分の妻ひとり幸せにすることのできない男だ。いまの妻だって、幸せにできてない。平民上がりの彼女が華族社会に馴染もうとするあまり頑張りすぎて気鬱《きうつ》になっているのに、慮《おもんぱか》ってやることもしないで——そういう、心のない男なんだ！」

「黙れ、黙れっ」

顔を真っ赤にして、父は晶羽の首にガッと両手をかけてきた。

「……っ、く、ぐ」

気道が潰される。

父の手をガリガリと引っ掻くのに、力は弱まらない。

——殺され……る。

駄目だ。いま死ぬわけにはいかない。もうすぐ、もうすぐ炎爪に逢えるのだ。一目逢わないで死ぬことなどできない。晶羽は眉を歪め、必死にもがいた。苦しい。身体に痙攣が走る。背が弓なりに反り返る。

——いやだ……炎爪……炎爪…っ……

意識の端が崩壊を始める。

ちらちらと視界に銀の粉が散る。

瞼が落ちていく。

遠くなった耳に、なにかが砕ける音がかすかに届く。自分の魂が砕け散る音かとも思ったけれども――。

霞《かす》む視界、父の背後に見える扉が、激しい勢いで開かれた。男が飛び込んでくる。漆黒《しっこく》の長袍《チャンパオ》を身に纏った、立派な体躯《たいく》。黒い焔《ほむら》のような、髪と瞳。

次の瞬間、父の身体は視界から吹き飛んだ。

「晶羽っ」

ずっとずっと聞きたかった、鮮烈な声。

激しく咳き込み、寝台にくずおれようとする晶羽の身体を、男の逞しい腕が抱き留める。この感触、体温、息遣い。夢でも幻でもない、本物の。

――炎爪……！

逢いたくて逢いたくて気が狂いそうだった人が、ここにいる。

晶羽は手指にあるだけの力を籠めて、炎爪の腕を握り締める。身体が芯から悦《よろこ》びに震えていた。心臓が戦慄く。

そんな晶羽をしっかりと抱き締め、炎爪は狂おしいように幾度も髪に口接けをくれる。

「もう大丈夫だ、晶羽。一時のことだとおまえを手放した俺が間違ってた。おまえのことは俺が、この手で護《まも》りきる」

そう誓いを囁いてから、炎爪は剛《つよ》い声を響かせて侯爵へと命じた。

「晶羽の足枷を外せ」

「王炎爪。わ、私はおまえの依頼主だぞ。そんな口の利き方を――」

「半年前の依頼を今度こそ完璧に遂行《すいこう》してやると言ってるんだ。晶羽がこんな家に二度と戻らずにすむように、俺が連れ去ってやる」

「しかし……」

「つべこべ言うなっ！　晶羽を解放しないなら、この花登の家を社会的にも実質的にも、抹殺《まっさつ》してやる」

部屋に轟《とどろ》く恫喝に、侯爵は青褪め、背広のポケットから小さな鍵を取り出した。

「跪《ひざまず》いて、晶羽の枷を外してやれ。最後の父親としての務めだ」

侯爵は屈辱に打ち震えながらも、寝台から垂れる晶羽の脚へとにじり寄った。そして、床に這いつくばって、晶羽の足枷を解く。

「これでもう、おまえは二度とこんな家のことで煩《わずら》わされない」

晶羽を腕に抱き上げて、炎爪が力強い笑みを浮かべる。

自分の出自から解き放たれる喪失《そうしつ》と悦びを、晶羽は同時に味わう。花登の家から完全に根を引き抜かれ、そして、上海の炎爪の許で新たに根をしっかりと下ろすのだ。

晶羽は、炎爪の逞しい首に腕を回した。

監禁部屋から玄関口まで炎爪によって運ばれるあいだに、何人もの使用人と行き合った。彼らは一瞬気色《けしき》ばんだが、晶羽が無理やり連れ去られようとしているのではないのを察して、無言で見送ってくれた。ここ最近は、ほとんどの使用人が、晶羽が監禁されて過ごすのを哀れに思っていたのだろう。

階段を下りきったところで、異母弟と鉢合わせた。さすがに彼は慌てて、炎爪に突っかかった。

「何者だっ⁉　兄上を放せっ」

「泰紀」

晶羽は芯のある穏やかな声で異母弟に告げた。

「前にも言ったとおり、僕は花登の血を継いでいるか定かでない身だ。真実は亡くなった母しか知らない。そんな僕が堂々とこの家を継ぐことはできない。その点、おまえは面差しひとつとっても間違いなく父上の子だ。僕はそんなおまえが羨ましくて、妬《ねた》ましかったよ――どうか、この家のことを、よろしく頼む」

「そんな、兄上っ」

「勝手をして、すまない。でも、僕はこの人と行く……行かせてくれ」

「……」

「僕はもう二度と花登の家には戻らないと誓う」

眉を歪める泰紀に、晶羽は最初で最後、心の底から微笑んだ。

「まっとうなおまえならきっと、この家を間違いのない方向に導けるだろう。元気で、母親を大事にして過ごしてくれ。さようなら、泰紀」

別れを告げ終わると、炎爪が玄関に向けて歩き出す。

扉のところには佐夜が立っていた。彼女の手が扉を開ける。

と、ほのかな桜色を宿した白いものが、ちらりと風に乗って目の前を過った。その軌跡《きせき》を辿り返してふうっと空を見上げ、晶羽は息を呑む。

前庭に植えられた桜の木。それはまるで闇夜に浮かぶ巨大な白雲のように、数限りなく、ほろほろと花をつけていた。

閉じ込められているあいだに、世は花の季節を迎えていたのだ。

炎爪の腕に抱えられて、春の粒子《りゅうし》をふんだんに含んだ風を浴びる。

身体の芯にも春の気配が宿ったようで、晶羽は炎爪の頬に額をきつく押しつけた。

終章

花登邸の仰々《ぎょうぎょう》しい門の前に停められた四頭立ての馬車では、クリスと水祈が待っていた。

晶羽の顔を見たとたん泣きそうになる水祈を、クリスが頭を撫でて、宥める。

「家のことにけじめを着けたら必ず帰るって言葉を信じて待っていたんです。でも、一週間たっても帰らないし、二週間たっても手紙のひとつも来ないし、おかしいと思って……」

とはいえ、実家に帰ったのだから、よもや監禁までされているとは、クリスも水祈も想像だにしていなかったという。

ふたりは晶羽の様子を確かめようと帝都に赴《おもむ》き、花登侯爵邸を訪ねた。クリスが名門のイギリス貴族であることから、花登侯爵は丁重にもてなしたそうだ。けれど侯爵は、晶羽は家に戻ってきていないの一点張りだった。これはおかしいと察したクリスは、つてを使って花登家の使用人である佐夜と接触を持った。

そうして、晶羽が花登邸の一室に監禁され、気が触れたようになっているという情報を得たのだった。

クリスは晶羽の救出に努めるため帝都に残り、水祈はこの事態を炎爪《ヤンツァオ》に知らせるために上海へと戻った。

上海のほうでは、淋《リン》が英冥《インミン》に囚われていたりと抗争は混迷を極めていた。水祈からの報告を受けた炎爪は驚き、すぐにも帝都に向かいたい心持ちだったが、亡き親友の弟である淋の救出は、至急を要する事態だった。それで、こちらのことに最低限の目処《めど》をつけて帝都に参じられる日付けを定め、華珠の指輪と手紙を水祈に託した。

帝都へととんぼ返りした水祈はクリスに、炎爪からの頼まれごとを伝えた。

まず監禁されている晶羽を安心させるために、どうにかして指輪の真珠を渡してほしいこと。それから自分が帝都を訪れる直前に晶羽に手紙を届けてほしいこと。その二点だ。

クリスのほうも、晶羽を救出するすべを探っていたが、金髪碧眼《きんぱつへきがん》の異邦人が徘徊《はいかい》しているだけで人目を引きすぎる状態で、ままならなかった。

炎爪は淋を奪回《だっかい》してから、急いで海を渡った。そうして今朝、横浜港に降り立ったのだという。

「花登侯爵はすっかり用心深くなっていて正面から訪ねても無理だろうと判断して、炎爪は塀を越え、二階のバルコニーから邸内に侵入することにしたのです」

花登邸の高い塀を、炎爪がいかに手馴れた様子で軽々と越えたかを、クリスは愉しげに語った。

あとのことは、晶羽の知っているとおりだ。

侯爵に襲われていた晶羽を、炎爪は救ってくれた。

離れていたあいだの互いの長い話に耳を傾けているうちに、馬車は気づけば横浜港に着いていた。真夜中の港、繋留《けいりゅう》されている炎爪の船の前に四人は佇む。

「私と水祈は長崎で降ろしてもらおうと思っています。晶羽ももう少し日本で療養していきませんか?」

クリスがやんわりとした口調で訊いてくる。

晶羽は横の炎爪を見上げた。

「炎爪はこのまま上海に戻るんだろう?」

「ああ、急いで帰らないとな」

「そういうことだから……クリス、僕もまっすぐ上海に行きます」

「わかりました。それがいいのかもしれませんね。水祈、私たちはしばらく日本の春を愉しみましょう」

「はい、クリス様」

水祈が小さく笑む。

四人が乗り込むと、すぐに船は港を離れた。

晶羽は白絹の二重のうえに外套《マント》を肩で羽織り、黒い潮風を受けながら欄干に寄って、遠ざかる横浜をじっと見つめていた。これから先、また横浜や帝都を訪れることはあるかもしれない。でも、もう「帰る」ことはないのだ。大日本帝國も帝都も花登の家も、自分の帰るべき場所ではなくなったのだから。

そして、自分は、炎爪とともに上海に帰る。帰るのだと、自然に思えていた。

……と、背後からぬっと伸びてきた手が、晶羽を挟むように欄干を握った。肩越しに見返って、晶羽は微笑む。

「炎爪」

血肉を備えた彼の、吐息と体温。

炎爪は大きく首を傾げると、目を細め、晶羽の唇に唇を押し伏せた。身体も心も内奥からじわじわと熱く息吹《いぶ》きだす。ひたすら重ね合うだけの長い接吻《せっぷん》ののち、互いに甘やかな溜め息をつきながら名残惜《なごりお》しく唇を離す。

「両親のこと、恨んでるか？」

炎爪が陸を眺めながら尋ねてくる。晶羽もふたたび視線を転じた。欠けた月の下、闇にほのかに光る波を蠢かしている海のむこうを見る。

両親――自分を置き棄てて、大陸の男と逃げてしまった母親。自分を疎み、血の定かな泰紀に情を向けた父親。

結局ふたりとも、晶羽のことを選んではくれなかった。

そんな自分の足場はあまりに心許なくて、いつも不安定で。心を尖らせ、人を傷つけてばかりいた。

「恨んだこともあった。でも、もういまは、これでよかったと思える」

晶羽は陸から視線を剝がし、炎爪の作る囲いのなかで身体を返した。

そして、強い眼差しで愛しい男を見上げた。

「炎爪、誓ってほしいことがある」

「ああ、なんだ?」

晶羽の頰へと吹き流される淡い色の髪を、大きな手が掻き上げてくれる。

「生涯、僕を——僕だけを選んでほしい。おまえを誰かと分け合うのは、どうしても嫌なんだ。だから、僕だけのものになると、誓ってほしい」

母と同じ人生を、自分に辿らせないでほしい。

終《つい》の場所を、約束してほしい。

黒い焰のように炎爪の双眸が、闇夜に煌《きら》めく。ずっとこの焰を自分のものにしていたい。

「誓っていいのか?」

炎爪が尋ね返し、続ける。

「それは、この俺のすべてを、おまえがひとりで引き受けるってことだぞ」

改めてそう言われると、魔都を闊歩する覇気《はき》に溢れた男を専有することの重さが、ずしりと感じられた。

晶羽はひとつ呼吸をして、しっかりと頷く。

「炎爪のすべてを、僕が引き受ける」

宣言すると、炎爪が破顔《はがん》した。そして、

「よし。誓おう。俺をおまえだけにやる」

そう誓うやいなや、炎爪は晶羽をその逞しい腕に抱き上げた。外套がひらりと舞って、甲板に落ちる。

「なに？」

すぐ間近にある炎爪の顔はひどく愉しげだ。

「早速、俺を一滴残らず、受け止めてもらおう。嫌とは言わせないぞ」

高尚《こうしょう》なはずの心の誓いを一瞬にして肉体のことに堕とされて、晶羽は黙り込んでしまう。

けれども、それも大切な交情であるし――なにより自分も望んでいることだったから、男の腕のなかですべての力を抜いた。

やわらかくなった晶羽の身体を褥へと運びながら、炎爪が艶を含んだ声で囁く。

「上海までは少し遠い。着くまで、この俺に誓いを立てさせたことをとっくり後悔させてやろう」

了

華珠《はなだま》の滴《したた》り

大量の水を重たく割り曳《ひ》きながら、船は夜の海を渡っている。

壁越しに、ごぉうごぉうと穏やかな波が船腹を叩く音が聞こえる。人の脈動に似た調子とともに、天井から吊るされたカンテラが揺れて、光の届く範囲をゆるやかに変えていく。

炎爪《ヤンツァオ》は光の揺れ動きに合わせて、手のなかの熟れた若い茎を扱いた。茎の頂《いただき》にある、皮を剝かれたばかりの果肉のような先端は、透明な蜜にぬめり光っている。

炎爪の手指にもたっぷり蜜は纏わりつき、手を動かすたびにたつ濡れ音はあられもない。

「ん、んっ」

せつなく鳴らされる喉。ほっそりとした白い指が折れ曲がって、いかにも快楽に耐えるように敷布を握る。そんなわずかな仕種だけでも、妙に品がよくて、品がいいからこそ淫《みだ》らで、見入ってしまう。

……甲板のうえで晶羽《あきは》だけのものなると誓いを立てた炎爪は、それからすぐに晶羽をこの船底の褥へと連れ込んだ。

およそ二ヶ月ぶりの番《つが》う行為だ。

気持ちも身体も急いていたが、すぐに想いを果たしてしまうのは勿体なくて、互いの存在を自分の身体に烙印《らくいん》するかのように、背に腕を回し合って硬い抱擁を交わした。それが次第に、掌で身体を撫でさする愛戯となり、服越しに重なった腰を……性器を擦りつけ合う猥《みだ》りがましい動作へと繋がった。

晶羽の白い絹物の懐を乱して乳首を吸いながら裾へと手を入れて。その頃にはもう、晶羽の茎はいまみたいにとろとろと蜜を滴らせていた。

掌にしっとりとへばりつく茎の感触が、たまらない。

「……掌が気持ちよすぎる」

息を乱しながら赤い耳に囁くと、晶羽は言葉に感じたようにひくりと身体を震わせた。

それから、甘く怨《えん》じる眼差《まなざ》しで見上げてくる。

「変なこと言……ん…ふ」

恥じらいの文句を言おうとする唇を、小刻みに啄ばんでやる。

「……炎爪……」

重なった唇の下、晶羽がせつなげに名前を呼んでくる。

「欲しいか？」

嵌められたがっているのだろうと察したのだが、しかし晶羽は耳をことさらに紅《あか》くして、まったく予想外のことを呟いた。

「口で——したい」

晶羽の意図が、すぐには摑めない。

「口で、して欲しいのか？」

訝しく訊き返すと、首が横に振られる。淡い色のやわらかな髪が、カンテラの光を弾く。

「……僕が、炎爪に」

「おまえが、俺に？」

物分かりの悪い炎爪に少し腹を立てた様子、晶羽は炎爪の腕のなかから無理やり起き上がると、唾液で濡れそぼっている胸のぷっつりした粒も露わな乱れ姿で、炎爪の足元へと這った。

長袍《チャンパオ》の裾を捲くられ、ズボンを下穿きとともに引きずり下ろされて、炎爪はようやく晶羽がなにを望んでいるかに気づく。

そして次の瞬間、下腹に訪れた淫猥な痺れに、眉間に深い皴を刻んだ。甘みを帯びた呻きが、自然と漏れてしまう。

それはかなり衝撃的な絵だった。

途中まで衣類を下ろされた自分の太さのある脚のあいだにうずくまった晶羽が、下腹に顔を埋めている。いたいけな桜色の舌を露わにして、男の猛りを根元から先端まで一心に舐めまわす。劣情に浮き立つ血管を、先端への括《くび》れのぐるりを、舌先で辿る。

切っ先に刻まれた溝を割り開くように舐められると、大量の愛液が溢れた。

晶羽の唇が開かれ、そこに亀頭が消えていく。

「ん……く、ふ——んむ」

品のいい造りの唇が無残なほど丸く引き伸ばされ、屹立をなんとか半分ほど咥え込む。

「っ、晶羽……」

思わずやわらかな髪を摑むと、重たげなほど長い睫が上がり、淡い色彩の双眸が見上げてくる。苦しいのだろう。目に張られた涙の膜が、カンテラの光をちかりちかりと撥ね散らす。

——気持ちいいなんて、もんじゃないっ。

身体の端々まで張り巡らされている血管を、すさまじい勢いで滾った血が走る。全身が痛いほどだ。下腹にぐっと力を籠める。そうしないと、いまにも欲が弾けてしまいそうだった。鳩尾のあたりにビリッと痙攣がくる。

これまで炎爪はさんざん晶羽の身体を貪ったが、こういう奉仕を求めたことは一度もなかった。晶羽を穢しきれない自分がいたのだ。

幼いころから汚れ仕事ばかりしてきた無骨で荒れ果てた自分の手。その手で、無垢で高貴な貝の口を開かせた。そうして類い稀に美しい華珠を奪い、それをいじりまわして愛でてきた。

それだけでもう充分すぎるほど満たされていたから、晶羽に自分を愛撫することを強いる気にはなれなかったのだ。

「晶羽、もう、いい」

込み上げそうになる劣情を懸命に抑え込んで、炎爪は晶羽の髪をそっと引いて、そのまま、ゆっくりと顔を上げさせた。

「んっ——ぅ、っ、くふ……」

丸く開ききった唇から、唾液に光る幹が徐々に露わになっていく。尖頭の大きな部分を抜くとき、晶羽の唇は大きく捲くれて、熟れた粘膜が覗いた。

「……ぇふっ」

晶羽がうずくまったままの姿勢で咳き込む。腫れた下唇から、唾液と先走りが混ざった透明なぬめりが、細く糸を引いて垂れた。

「…………よく、なかったか？」

「え？」

「く、口でした、のに、出さないなんて、気持ちよく、なかったからだろう」

慣れないことをして力が入らないらしい唇と舌を動かして、不服げに言ってくるのが、どうにも可愛くて可笑しくて、炎爪は笑ってしまう。

「そういえば晶羽は、口でしてやると、すぐに出すな」

「……っ」

縁を紅くした目が力なく睨んでくる。

その表情にぞくぞくさせられた。炎爪は素早く身体を起こすと、晶羽を褥に押し倒した。圧し掛かりながら教えてやる。

「おまえのここに出したいから、必死に堪えたんだ」

乱暴な手つきで脚のあいだに手を突っ込むと、炎爪は繋がるべき場所へと中指の先を載せた。

「こんなところまで垂らしてたのか」

茎から溢れた蜜は、晶羽の会陰部をぐっしょりと濡らしていた。まるで、自分で濡れたようにふやけている蕾を指先で捏《こ》ねてやる。

「んっ…ぁ…あぁっ、……炎爪っ」

よほど感じるらしく、晶羽は大袈裟なほど身体を跳ねさせた。

「ここ、ヒクヒクしてるぞ。欲しいのか?」

震える粘膜のなかへと中指を沈めたとたん、炎爪はまるで性器を挿し込んだかのような強烈な快楽を指に覚えた。晶羽の乱れる呼吸に引きずられて、息が上がる。

言葉で答える代わりに、四つん這いになった炎爪の下、晶羽は欲情に染まった内腿の肌を大きく晒した。白絹の着物の裾から雨に打たれた新芽のように初々《ういうい》しい陰茎が突き出る。

「欲しい――ここに……早くっ」

いまにも涙を零しそうな目で訴えかけられる。指が粘膜に激しくしゃぶられ、扱かれる。

このままでは、自分のほうが持ちそうにない。

炎爪は指を引き抜くと、両手で乱暴に晶羽の膝裏を摑み、身体を折り畳んだ。露わになった蕾に濡れ濡れとなったおのれの切っ先をあてがう。

狭くて熱い粘膜を自分のかたちに、ぐうっと押し開いていく。

「ぁ、あっっ——っぅ……なか、擦れ…て……、んっ、ん」

「潰されそうだ——すごく、波打って……く」

「……ぁ? ま、待って、ぁっ」

ふいに、晶羽が泣きそうな声を出した。綺麗な眉を歪める。露わな胸を突き出して、背を弓なりに反らせる。同時に、炎爪の陰茎は忙しない痙攣に包み込まれた。

「や、やっ——まだ、や、ぁ——あ、ぁ……ぁ」

細かな声とともに、晶羽の胸元へと濃密な粘液が散っていく。

それはまるで、晶羽のなかに眠っていた華珠の原液が陰茎を通り抜けて、肌のうえで珠を結んだようだった。幾粒もの華珠が、上気した肌を飾る。

「晶羽!」

あまりに淫らで美しい様子に、完全に自制が飛ぶ。

炎爪は吐精の快楽に戦慄く晶羽の身体へと、一気に根元まで陰茎を押し込んだ。そして、容赦ない律動を始める。

「っ、ふ、ぁ、ああぁーっ」

首を横に振りながら身体をビクッビクッと跳ねさせる晶羽を抱きすくめて、番いの激しい動作を繰り返す。

「晶羽——、っ、ぅ、——あ、っく」

まるで性体験の少ない少年のような性急さで、炎爪は繋がった晶羽のなかへと、あるだけの熱を弾けさせた。

「ぁ、流れ、てる」

晶羽のなかの路《みち》へと、重ったるい粘液を通していく……奥まで至れと、深く。

乱れた呼吸を混ぜるように、どちらからともなく唇を合わせた。

晶羽の戦慄く腕が、背中へと回される。指がたおやかに折れ曲がり、長袍の布地に、その下の発熱している肌に食い込んでくる。

「……ん」

わずかに唇が離れ、晶羽が涙をいっぱいに溜めた目で、瞳を覗き込んでくる。

「炎爪」

温かな吐息が唇を撫でる。

「おまえが好きすぎて……頭が変になりそうだ——逢いたかった……ずっと逢いたかったんだ」

すぐ間近で、涙が眦《まなじり》から溢れ、零れ落ちていく。

「我愛你《ウォーアイニー》——我愛你、炎爪」

繋がったところから伝わってくる嗚咽がたまらなく愛しくて、炎爪は決っして二度と離さないように、晶羽を胸に深く抱き込んだ。

夜の黒い水に泡沫《うたかた》の路を作りながら、船は前へ前へと進んでいく。

壁越しに聞こえる船腹を叩く波の音は、ふたりの鼓動と同じように、激しくなっているようだった……。

了

✦上海散華✦ END

あとがき

こんにちは。沙野風結子《さのふゆこ》です。ラヴァース文庫さんでは初めてのお仕事となります。

同時刊行の「上海血華《しゃんはいけっか》（耿英冥《ガン・インミン》×葉淋《イエ・リン》）」と別主人公リンク作で、時系列的には散華→血華となります。血華のほうでは、今作での淋の複雑な胸のうちや、炎爪《ヤンツァオ》と晶羽《あきは》のその後などにも触れています。

今回は「賊にかどわかされて無体をされる気位の高いお姫様」に取り組んでみました。お姫様系美人受けは書いたことがなかったので、新鮮に楽しかったです。ただ炎爪と晶羽はなんだか妙にラブ度が高くて、途中でちょっとお腹を壊しかけました。血を見たら治まりましたが。

お忙しいなか挿絵を引き受けてくださった小山田《おやまだ》あみ先生、ありがとうございます。小山田先生の描かれるカラーもモノクロもなまめかしさと硬質さが共存共栄していて大好きです。こうして一緒にお仕事をする機会を持てて、とても嬉しいです。

そして担当様、いつもお世話になってばかりですが、これからもよろしくお願いいたします。

最後になりましたが、この本を手に取ってくださった皆様に深い感謝を。もし話に乗っかって楽しんでいただけたなら本当にありがたいのですが……毎回、緊張です。

＊沙野風結子＊

Lovers GREED

上海散華

ラヴァーズ文庫をお買い上げいただきありがとうございます。
この作品を読んでのご意見・ご感想をお聞かせください。
あて先は下記の通りです。

〒102−0072
東京都千代田区飯田橋2-7-3
(株)竹書房　第五編集部
沙野風結子先生係
小山田あみ先生係

2008年11月1日
初版第1刷発行

●著　者
沙野風結子
●イラスト
小山田あみ

●発行者　牧村康正
●発行所　株式会社　竹書房
〒102−0072
東京都千代田区飯田橋2-7-3
電話　03(3264)1576(代表)
　　　03(3234)6245(編集部)
振替　00170-2-179210
●ホームページ
http://www.takeshobo.co.jp

●印刷所　株式会社テンプリント
●本文デザイン　Creative·Sano·Japan

ISBN 978-4-8124-3632-5　C 0193

ラヴァーズ文庫GREED
Lovers GREED
上海血華《しゃんはいけっか》
こんなに雌蕊《めしべ》を欲情させて、本当に私を殺せるのですか？
魔都・上海で覇権を争う二つの秘密結社《マフィア》、天命幇《ティエンミンバン》と千翼幇《チェンイーバン》。
千翼幇《チェンイーバン》の棟梁・英冥《インミン》に兄を殺された淋《リン》は、
千翼幇《チェンイーバン》と対立する天命幇《ティエンミンバン》に入って英冥《インミン》への復讐を誓う。
だが逆に、英冥《インミン》に捕らえられてしまった。
淫具を使った拷問によがり苦しむ淋《リン》は、
憎む仇に快楽を覚えさせられ絶望を味わう。
淋《リン》は、ともすれば惹き込まれそうになる英冥《インミン》の魔性から逃れようと抗うが、
ある夜とうとう身体を繋がれて……。
「己を弄ぶこの男を今すぐ殺してやりたい」
淋《リン》は胸に迫り上がる殺意を噛み締める――。
好評発売中!!
著 沙《さ》野《の》風《ふ》結《ゆ》子《こ》
画 小《お》山《やま》田《だ》あみ

ラヴァーズ文庫
GREED
Lovers GREED
蠱惑《こわく》の脅迫者《きょうはくしゃ》
男の支配は媚薬のように、
心と体を蝕んでゆく――……。
「お前に潜入捜査を命じる」
警視庁捜査一課に所属する雨宮塔也《あめみやとうや》は、初任務となる捜査を命じられた。
潜入するのは「アポロクラブ」。
その会員制の高級クラブに、ある政治家秘書の死が関係しているらしい。
身分を偽った塔也は、オーナーの東郷《とうごう》に勧められるまま、
媚薬入りのシャンパンを飲み干してしまった。
「刑事だろうと関係ない。ここの男娼になれ」
と、体を火照らす塔也に東郷は言い放った。
何故刑事だとバレたのか。
それに東郷の冷たい目に浮かぶ憎しみは?
塔也は売春組織・アポロクラブに囚われて…。
著 本《ほん》庄《じょう》咲《さ》貴《き》
画 國《くに》沢《さわ》智《とも》
好評発売中!!

ラヴァーズ文庫GREED
Lovers GREED
黒《コク》帝《テイ》愛《アイ》人《ジン》
「主人を拒むのか――…？」
「奪われているのは体の自由だけだ」
「サディストの、いいご主人様に巡り合うことを祈っててやるよ」
新宿に存在する多国籍集団UNIONのリーダー、桂木祥悟《かつらぎしょうご》は、
警察から仲間を守るため、闇オークションの出品物として
囮捜査に協力させられていた。
もののように扱われ、値段をつけられても、
会場に踏み込んで来た警察に助け出されるはずだった。
しかし、祥悟に50億の落札額をつけた男は、警察の手をたやすくかわし、
祥悟を香港へ連れ去ってしまう。
「日本の淫らな原石は磨きがいがありそうだ」
決して屈しないと誓う祥悟だが、
神秘をまとう美しい男の性奴になる運命なのか――…。
好評発売中!!
著 あさひ木葉《このは》
画 音子《おとこ》